아버지가 들려 주는
무대 위 행복

좋은 부모는
자녀가 세상이란 무대에서
마음껏 춤추게 한다

아버지가 들려 주는 무대 위 행복

초판인쇄	2020년 09월 18일
초판발행	2020년 09월 25일

지은이	임동택
발행인	조현수
펴낸곳	도서출판 프로방스
마케팅	최관호
IT 마케팅	조용재 백소영
교정교열	권 표
디자인 디렉터	오종국 Design CREO

ADD	경기도 고양시 일산동구 백석2동 1301-2 넥스빌오피스텔 704호
전화	031-925-5366~7
팩스	031-925-5368
이메일	provence70@naver.com
등록번호	제2016-000126호
등록	2016년 06월 23일
ISBN	979-11-6480-078-0 03810

정가 15,000원

아버지가
들려 주는
무대 위
행복

좋은 부모는
자녀가 세상이란 무대에서
마음껏 춤추게 한다

임동택 지음

 프로방스

"좋은 부모는 무대 위 행복을 전수한다"

나는 지금도 아주 어렸을 때의 기억이 뚜렷하다. 서너 살 때 아장 아장 걸었던 기억도 난다. 그 때 나는 대소변을 쉽게 볼 수 있도록 바짓가랑이가 훤히 터진 옷을 입고 다녔다. 화장실에서 볼일을 보고 나면 나는 큰 소리로 "끙끙 아짜."를 외쳤다. 다 쌌으니 처리하러 오라는 신호였다. 그렇게 나는 어릴 때부터 두려울 게 없었다. 무엇을 하든 그렇게 당당했고 자신이 있었다.

나의 아버지는 사형제 중 막내다. 슬하에 2남 5녀를 두었는데, 그 중 둘째가 나다. 사촌 형제들도 여럿 있었지만, 할머니는 유독 나만 사랑하셨다. 심지어는 우리 어머니 아버지조차 함부로 하지 못하도록 방패막이가 되어 주셨다. 왜 그러셨는지 이유는 알 수 없다. 아무튼 할머니는 나를 일방적으로 사랑하셨다. 심지어는 똥을 누고 나면

"내 새끼는 어쩌면 이렇게 똥까지 예쁘냐!"라고 말씀하셨을 정도다.

당시 할머니의 힘은 대단했다. 여성의 신분으로 이장 직을 맡아 동네의 대소사를 처리하셨다. 동네 사람 어느 누구도 할머니 말씀 앞에서 따따부따 이유를 달지 못했다. 숙부님 사형제들과 숙모님들 그리고 사촌 형제들에게 할머니는 여왕과 같은 존재였다. 그런 할머니가 나를 각별히 사랑해 주셨으니, 누구도 나에게 함부로 할 수 있었겠는가. 이런 할머니를 배경으로 둔 나는 천하가 다 내 것인 것 같았다. 어느 누구에게도 기죽을 이유가 없었고, 무슨 일을 하더라도 두려울 까닭이 없었다. 내가 긍정적 자아상을 가질 수 있었던 것, 세상이란 무대에서 행복을 느낄 수 있었던 것은 할머니의 사랑과 칭찬, 격려와 돌봄과 믿음, 배려 덕분이었다. 내 마음 탱크는 언제나 사랑이 가득 차 있었다. 지금 내 나이가 그 때 할머니의 나이와 비슷하지만, 나는 아직도 그 시절의 할머니가 그립다.

아버지와 어머니, 일곱 남매로 뭉친 우리 가족은 한 지붕 아래에서 한 이불을 덮고 살았다. 추운 겨울밤이면 찬 외풍을 피하기 위해 서로 이불을 차지하려고 마구 당기곤 하였다. 식사 때엔 조금만 늦어도 자기 몫은 사라지고 없었다. 그래서 먹는 시간이 다가오면 전쟁터 같은 긴장감이 돌았다. 형제 중 하나가 동네의 또래와 싸우기라도 하면, 우리 형제들이 우르르 몰려가서 함께 달려들었다. 자연히 동네에서 우리 형제들과 싸워서 이기는 경우가 없었다. 밖에서는 그렇게 의기투합이 잘 이루어졌다. 그러면서도 각자의 분깃을 빼앗기지 않으려면 자기 것을 철저히 지켜야 했다. 그러다 보니 좀 더 많이 차지하려고 아웅다웅 싸우기도 했다. 그러면서도 어떨 땐 부모님께 야단맞지 않으려고 과감히 양보하기도 했고 서로 두둔해 주기도 했다. 아버지는 우리가 지나가는 동네 어른들에게 인사를 빠뜨리면 호되게 혼내셨다. 그 때문에 어른들을 보면 인사하는 것이 습관이 되었다. 그것이 아버지의 인성교육이었고 인생교육이었다. 그렇게 보낸 어린 시절 덕분에 기본적인 인성, 자아상을 형성할 수 있었으며, 오늘까지 살아오게 한 원동력이 되었다.

자기 자신을 어떻게 생각하느냐는 물음은 굉장히 중요하다. 그 물음을 통해 형성된 자아상이 행복과 불행을 결정하기 때문이다. 행복과 불행이 갈라지는데 무슨 특별한 조건이 있는 것이 아니다. 어떤 자아상을 가졌느냐에 따라, 남들은 불행하다고 말하는 환경에서도 행복을 찾아내는 사람이 있고, 남들은 다 행복하다고 하는데도 자신만 불행하다고 느끼는 사람도 있다. 자아상은 내가 나를 보는 관점인데, 내가 나를 보는 거울인 자아상은 나를 처음 바라보아주었던 분들을 통해서 형성된다. 즉 나를 돌봐준 일차 양육자(엄마)의 시선을 통해서 나를 보게 되는 것이다. 대상관계 이론에서는 이것을 '거울

　　　　　　　　　　　　　아버지가 들려 주는 무대 위 행복

전이[mirror transference]'라고 한다. 갓난아기는 자신을 볼 수 없는데, 자기를 돌봐주는 엄마가 어떤 거울이냐에 따라 자신을 보게 된다는 이론이다. 즉 자기를 돌봐주는 엄마가 긍정적이면 긍정적 자아상[good self]을, 부정적이면 부정적 자아상[bad self]을 형성한다는 것이다. 이처럼 기본 인성과 기본 자존감의 형성에 있어서 엄마의 역할은 절대적이다.

영국의 철학자 존 로크(John Locke)는 인간은 백지 상태로 태어난다고 했다. 그 백지 위에 부모가 무엇을 쓰는가에 따라 아이의 미래가 달라진다. 부모가 좋은 그림을 그리면 아이는 좋은 자아상을 가진 존재로 성장할 것이고, 부모가 부정적 그림을 그리면 아이는 부정적 자아상을 가지면서 성장할 것이다.

나는 어렸을 때 나를 사랑해 주신 많은 분들 덕분에 건강한 자아상을 가졌기에, 세상이라는 무대에 당당히 올라서 행복을 누릴 수 있었다. 그래서 내 아이들도 자신들이 서야 할 세상이란 무대에 당당하게 나서고, 거기에서 행복을 누리길 기도한다. 또 아직 무대로 나가보지 못하고 머뭇거리고 있는 이들에게 무대 위의 행복, 자기 효능감의 행복이 얼마나 큰 지를 알려주고 싶다.

저자 임동택

02 제 2 장
자아상의 산실, 가정 __ 71

03

제 3 장
자아상의 치유와 회복 __ 117

04 제 4 장
무대 위의 행복 십계명 __ 195

PART
01

자아상이란?

"당신은 사랑받기 위해 태어난 사람"이라는 표현은 반쪽짜리 표현이다. 왜냐하면 "당신은 사랑 주기 위해 태어난 사람"이 있어야 균형이 맞는다. "사랑받기 위해 태어난 사람"이 자존감을 지칭하는 말이라면 "사랑 주기 위해 태어난 사람"은 자기효능감 즉 무대 위의 행복을 위한 가사다.

01

나는 나를 어떻게 생각하는가?

내가 나를 바라보는 시각

사람은 세상을 보는 자기만의 눈을 가지고 있다. 이것을 세계관 [world view]이라고 한다. 세계관이 잘 형성된 사람은 삶의 주체가 되어 살아가지만, 그렇지 못한 사람들은 세상이 말하는 세계관에 휩쓸려 살아간다. 대부분 사람들이 후자 쪽에 속한다. 그래서 요즘 사람들은 외형적 조건을 많이 본다. 다들 외모에만 신경 쓰니 성형외과가 성업 중이고, 화장품이 불티나게 팔린다. 아무리 그렇게 뜯어 고치고 화장을 한다고 할지라도, 절대로 만들 수 없는 것이 사람의 내면에서 나오는 품성과 교양이다. 그것은 반드시 표정으로 드러난다. 타고난 외모는 어쩔 수 없지만, 표정은 스스로가 만들어낸다. 각자의 표정은 그가 어떤 자아상의 소유자인지를 명확하게 드러낸다. 궁정적이고 진취적인 사람의 표정이 어두울 리 없고, 부정적이고 소극적인 사람의 표정이 밝을 리 없다. 그래서 에이브러햄 링컨은, 나이 사십이 되면 자기 얼굴에 책임을 져야 된다고 말했다.

인간은 세상을 바라보는 눈과 함께 자기 자신을 바라보는 눈을 가지고 있다. 이것이 자아상인데 자아상은 평생 동안 인간의 생각과 느낌을 지배하며, 개인의 말과 행동을 통해 반드시 겉으로 드러난다. 열등한 자아상의 소유자는 평생 열등감과 패배의식 속에서 살면서, 남의 탓만 하며 세상을 향해 원망과 분노를 쏟아 낸다. 반대로 건강한 자아상의 소유자는 늘 자신감으로 가득 차 있고, 스스로의 능력에 대한 믿음을 가지며, 타인과 세상을 긍정적으로 바라보기에 진취적이고 도전적이다. 인생의 성공과 실패는 자아상의 건강 여부로 결정된다.

모든 사람은 각각 이 세상에 단 하나 밖에 없는 특별한 존재다. '도플갱어(doppelgenger)'라는 용어가 있기는 하지만 상상의 산물일 뿐, 이 세상 그 어디에도 똑같은 사람은 없다. 심지어 일란성쌍둥이마저 똑 같지 않고 각각 고유한 특징을 가지고 있다. 인간은 그렇게 자신만의 외모와 영혼을 가진 유일한 존재로서 귀하고 특별하다. 자신의 독특성을 인정하면 돈이나 성공, 탁월한 외모와 화려한 스펙을 가진 사람만이 특별한 존재가 아님을 알게 된다. 독특함의 시각으로 보면 평범함도 특별함으로 부각된다. 각 사람을 독특한 개체로 보는

아버지가 들려 주는 무대 위 행복

시각이 하나님의 시각이다. 하나님은 세상을 창조하실 때 다양성의 원리를 바탕에 두고 창조하셨다. "각기 그 종류대로(창 1:12)"라는 말씀처럼 우리는 다른 누구와도 같을 필요가 없는 존재들이다. 이처럼 하나님의 특별한 계획에 의해 각자 독특한 존재로 태어났다는 사실을 받아들이는 것만으로도 우리는 이미 행복하다. 그 다양성의 세계 속에서 자신의 독특함을 보지 못하는 사람은 정말 불쌍한 사람이다.

자신의 독특함을 인정하지 못하는 사람들이 쉽게 빠지는 함정이 열등감이다. 다른 사람의 것은 좋게 보고, 자신은 나쁘게 보기 때문이다. 사실, 열등감은 어느 누구에게나 있는 자연스런 감정 중 하나다. 모든 일을 잘 하거나 모든 것을 완벽하게 갖춘 사람은 없거니와, 인간은 늘 자신에게 없는 것을 욕망하는 존재이기 때문이다. 열등감을 자연스런 감정으로 인식하고, 열등감의 이면에 있는 우월하고자 하는 욕구에 접촉시키면 큰 발전이 있다. 물론, 열등감의 뿌리가 너무 크고 깊으면, 그 사람의 인생 전체를 얽매기 때문에 그의 삶은 늘 어둡고 힘겹다. 열등감은 낮은 자존감에서 생긴다. 이런 사람들은 자신이 못나고 무가치하다고 생각하여 자기 삶에 찾아온 수많은 행복의 순간들을 걷어차고 외면한다.

자아상이란 내가 나를 바라보는 관점이라서, 자아상이 어떠한가에 따라 자신을 귀하게 여길 수도 있고 하찮게 여길 수도 있다. 자아상이 형성되는 시기는 유아기로서, '나' 라는 자의식이 생성될 때쯤으로 본다. 유아들은 자신을 대하는 주변인의 손길, 말투, 분위기 등을 통해 자아상을 형성한다. 자신이 중요하고 귀중한 존재로 다루어진다는 느낌을 가지면 건강한 자아상을 형성하고, 그렇지 않으면 낮은 자존감을 가지게 된다. 그래서 부모의 양육태도가 자녀의 자아상 형성과 유지에 큰 영향을 미친다. 자녀의 행동에 대한 부모의 대처 방식은 중요한데, 억울한 처분을 받게 되면 자신이란 존재의 값을 싸게 평가하여 자신을 비하하게 된다. 이런 사람은 늘 가시 돋친 언어를 사용하며 남에게 상처를 입힌다. 또 자기를 학대하며 남을 대할 때도 불뚝 성질을 발동한다.

부정적 자아상은 기본적 돌봄의 결핍에서

부정적 자아상의 소유자가 되는 까닭은 세상에 태어나 한 인간으로서 받아야 할 기본적인 사랑의 양이 채워지지 못했기 때문이다. 반대로 어린 시절 부모로부터 사랑을 가득 채운 사람은 긍정적 자아상을 갖는다. 그런 사람은 자신을 사랑할 줄 알고, 자연스럽게 이타적인 행동을 한다. 그래서 관계적으로도 '빈익빈 부익부' 현상이 생겨난다.

건강한 자아상의 형성에 있어서 가장 원초적인 자극은 부모로부터 제공된다. 따라서 부모교육이 중요하다. 어린 아기는 자기를 인식하지 못하는 대신, 부모라는 거울을 통해서 자신을 볼 수 있다. 부모가 자신을 귀하게 여기어 긍정적으로 바라보고, 자신의 능력에 기대를 하며, 존재 자체를 그대로 받아주고 기뻐할 때, 아기는 밝고 명랑한 성격과 세상을 거뜬히 살아갈만한 능력을 갖춘 존재가 된다. 반면, 자신을 바라보는 부모가 우울감에 빠져서 호응도 안 해 주고, 자기들끼리 싸우느라 아이를 방치해 둔다면, 그런 부모를 거울로 본 아기는 부정적 자아상을 형성할 수밖에 없다.

특히 세 살까지 부모의 양육태도는 아기에게 절대적인 영향을 미친다. 이 시기에는 무조건적인 사랑, 무조건적인 돌봄이 필요하다. 즉각적인 돌봄도 필요하다. 이 시기에 부모의 언어는 긍정적이고 희망적이며 미래지향적이어야 한다. "넌 귀한 존재야." "넌 무엇이든 할 수 있단다." 같은 말을 자주 해줌으로써 아기 스스로 중요한 존재라는 느낌을 가지도록 해 주어야 한다. 어릴 때 기본적인 애착도 형성되지 않은 상태에서 부정적인 언어까지 더해지면, 기본적인 자아상도 형성되지 않은 정신적 미숙아로 성장하게 된다.

"네 버릇 남 주니?" "말 안 들으려면 집에서 나가." "넌 내 자식도 아니다." "사람이 밥값은 해야지. 밥값도 못해 놓고 밥이 넘어 가냐?" "그것도 점수라고 받아왔냐?" "난 너를 믿을 수 없어." "넌 왜 항상 그 모양이냐?"등의 부정적 언어는 치명적 상처로 남는다. 어릴 때 아이의 마음은 백지와 같다는데, 그 백지에 온통 검정 물감이나 빨강 물감으로 칠을 하는 것과 같다.

다행인 것은 비록 상처를 받은 부정적 자아상의 소유자라 할지라도, 예수 그리스도를 제대로 만나면 치유가 된다는 사실이다. 의원은 건강한 사람이 아니라 병든 자에게 필요하다고 하셨다. 예수 그리스도께서는 오히려 상처받은 자아상을 가진 사람에게 필요하다. 믿음을 통해 부모가 새겨놓은 부정적 자아상을 깨끗이 지우고, 새롭게 얻은 존귀한 자녀라는 새로운 자아상을 새겨 넣을 필요가 있다. 그리스도를 만났을 때 새롭게 주어진 자아상은 인간이 가진 어떤 자아상과도 비교할 수 없다. 사도 바울은 세상 사람들이 말하는 좋은 조건을 다 가진 사람이었다. 한 마디로 스펙이 좋은 사람이었다. 명문가 출신으로 당시 최고의 교육자인 가말리엘의 문하생으로서 고등교육을 받은 사람이었으며 충성도가 높은 사람이었다. 율법에도 능통했기에 신앙적으로도 부족함이 없었다. 베냐민 지파로서 12지파 중에 출신도 좋았다. 게다가 로마의 시민권까지 가졌다. 부족한 것이라고는 하나도 없었다.

그런데 바울은 자신을 가리켜서 '만삭되지 못하여 낳은 자' '사도 중에서 가장 작은 사람'이라고 했다. 한때 교회를 핍박했던 사람이기에 스스로 사도라는 칭함을 받을 수 없는, 죄인 중에서도 가장 악한 괴수라고 표현하고 있다. 그럼에도 불구하고 자신의 사도직을 감당한 것은 오로지 하나님의 은혜였다고 고백한다. 자기비하가 아니었다. 거룩하신 하나님을 만날 때 자신의 실존을 보았기 때문에 그렇게 말한 것이다. 그분 앞에서는 인간이 가진 조건은 아무런 의미가 없다는 표현이었다. 세상에서 가장 좋은 조건을 다 갖춘 사람이든, 세상에서 가장 나쁜 조건을 가진 사람이든, 자아상이 무너진 사람이든 그분에게는 아무런 문제 될 것이 없다. 믿음으로 원하시는 것은 '당신 자신'이지 외부의 조건이 아니다.

믿음으로 사는 것은 보배를 담은 그릇이 되는 것이다. 사도 바울은 자신을 질그릇에 비유하고 그리스도를 보배로 비유했다. 그릇은 담고 있는 내용물에 따라 용도가 달라진다. 밥을 담으면 밥그릇, 국을 담으면 국그릇, 돈을 담고 있으면 돈 그릇, 똥을 담고 있으면 똥 그릇이 된다. 질그릇이라도 그 속에 보배를 담고 있으면 보배 그릇이 된다.

가스펠 싱어 레나 마리아 이야기

스웨덴이 낳은 세계적인 가스펠 싱어 레나 마리아는 태어날 때부터 두 팔이 없고 한 쪽 다리가 짧은 장애인이었다. 하지만 그녀는 건강한 자아상을 가지고 있었기에 자신의 장애 때문에 인생을 저주하지도 않았고 삶을 포기하지도 않았다. 오히려 자신의 장애를 하나님의 영광을 드러내는 통로라고 믿었다. 그녀는 장애인 올림픽 수영 4관왕으로서, 세계적 복음가수로서 선교사 역을 위해 삶을 불태우고 있다. 그녀의 그런 모습을 보고 많은 사람들이 희망과 용기를 얻었다. 결혼해서 아름다운 가정도 이루었다. 양 팔이 없고 다리도 하나밖에 없지만, 오늘도 그녀는 하나님을 노래한다. "하나님께 제 마음과 영혼을 드리겠습니다. 당신 손에 제 인생을 올려 드리겠습니다." 라고.

윌리엄 데이먼의 책 『무엇을 위해 살 것인가』는 그의 30년에 걸친 인간발달 연구의 최종 결과물이자, 그의 인생을 통해 얻은 기념비적인 책이다. 그는 오늘날 청소년들의 삶을 가장 짓누르는 문제인 '왜 그렇게 많은 청소년들이 인생의 첫 걸음을 내딛는데 실패하는가?'에 대한 탐구 끝에, 그들이 무엇을 위해 살 것인지 인생에 동기를 부여하는 목적이 없기 때문이라는 것을 밝혀냈다. 그러면서 그는 사회에 성공적으로 적응할 수 있도록 해주는 것은 '청소년기의 신앙심'이 유일하다고 말한다. 신앙이야말로 인생의 방향을 알려주는 나침반이요, 북두칠성이라는 말이다.

메뚜기 콤플렉스

이집트에서 탈출하여 약속하신 땅으로 향하는 이스라엘 백성들은 가나안 땅에 거의 도착했을 때 가게 될 땅을 정탐하였다. 얼마 후 열두 명의 정탐꾼들이 돌아왔는데, 그들의 보고는 서로 달랐다. 긍정적 자아상을 가진 여호수아와 갈렙은 과연 젖과 꿀이 흐르는 땅이었다고 기뻐하면서, 비록 거주민들이 강하지만, 자신들에게는 '밥'이니 얼마든지 싸워 이길 수 있다고 말했다. 그러나 부정적 자아상을 가진 다른 열 명의 정탐꾼들은 정반대로 보고했다. 그들은 그 땅을 보고 거주민들 앞에 서니, 자기들은 '메뚜기' 같이 보잘 것 없는 존재 같았다고 단정지었다(민 13:33). 왜 동일한 상황을 보고 상대를 '밥'이라고 여기고 먹으러 가자는 사람이 있는가 하면, 상대에 비교하면 자신이 메뚜기에 불과하다고 하는 사람이 있을까? 자아상의 차이 때문이다. 부정적인 사고를 가지고 스스로 메뚜기라 여긴 이들은 400년 넘는 노예생활로 인해 노예근성에 찌들어서 주인이 되지 못했다. 걸핏하면 비교나 하면서 안 될 핑계를 대는 습성이 바로 노예근성이다.

믿음의 시각으로 나를 다시 보아라

자아상이 어린 시절 부모와의 관계 경험에서 만들어지는 것이지만, 어린 시절은 내가 선택할 수 없다. 운명 지어진 상황이다. 그래도 우리에겐 신앙을 선택할 수 있는 길이 열려 있다. 신앙의 힘은 놀랍다. 비록 어릴 때 부모의 사랑을 받지 못해 기본적인 자존감이 형성되지 않아 늘 열등감에 찌들어 살고 불행의 늪에서 살던 사람도, 무한 사랑을 경험하면 기본 사랑의 탱크를 채우고 새로운 인생의 주인공으로 바뀐다.

2천 년 전, 갈보리 십자가는 희망이 없는 불쌍한 인간을 위해 예수 그리스도께서 구원의 길을 여신 사랑의 사건이다. 십자가 사건은 인류의 모든 죄를 대속하신 분이지만 만약 2천 년 후인 지금의 지구에 당신 한 명만 존재한다 할지라도 당신의 구원을 위해 기꺼이 십자가를 지셨을 것이다. 그 사실을 믿는다면, 창조주요 전능자께서 나를 그렇게 귀하게 생각하신다면, 더 이상 부정적 자아상의 노예가 될 이유는 없다. 그러기에 우리의 자아상은 긍정적이고 창조적이며 환희와 기쁨이 충만한 자아상으로 이미 바뀌었다. "누구든지 그리스도 안에 있으면 새로운 피조물이라. 이전 것은 지나갔으니 보라 새것이 되었도다(고후 5:17)."

자아상과 자존감의 상관관계

우리는 자신의 습관과 행동을 점검하고 자신의 모습을 되돌아볼 수 있다. 이것이 자아상[self-image]의 기반을 형성한다. 이러한 자아상을 평가하는 데서 자존감[self-esteem]이 생겨난다.

어떠한 가치관과 신념체계를 갖고 있는지에 따라, 자신을 판단하는 것도 크게 달라진다. 자신을 과대평가(이것을 교만이라고도 한다) 하는 경우도 있지만, 대부분은 자신의 이미지를 과소평가하는 편이다. 이것을 자기혐오 또는 낮은 자존감이라고 부른다.

적절하고 건강한 자존감을 갖추려면 (여기서 내가 높은 자존감이라는 표현을 사용하지 않은 것에 주목하라) 자신을 미워하는 것을 중단해야 한

다. 자신에 대해 건강한 태도란 자기혐오가 없는 상태이다. 자기사
랑은 장려하지 않는다. 자기사랑은 쉽게 자아도취로 진행될 수 있는
것으로서, 자아에 대한 건강한 태도가 아니다.

자존감 문제와 밀접한 관련이 있는 것이 바로 '자신을 사랑해야 한
다.'는 개념이다. 어느 것이 가장 중요하고 첫째 되는지 알고 싶어
했던 서기관의 질문에 대해 예수님이 대답하신 것을 기억할 것이다.
"네 마음을 다하고 목숨을 다하고 뜻을 다하고 힘을 다하여 주 너의
하나님을 사랑하라."그 말씀에 이어 바로 이렇게 말씀하신다. "네 이
웃을 네 몸과 같이 사랑하라."이보다 더 큰 계명이 없었다. '네 자신
처럼' 이웃을 사랑하라는 개념은 기독교계에서 매우 중요하게 자리
잡게 되었다.

이 말은 다른 사람들과의 관계에서 적절하고도 필수적인 자기사
랑 또는 자기존중이 어떤 형태로든 있어야 함을 암시하고 있다. 어
떤 이들은 도가 지나쳐서 자신을 사랑할 때까지는 다른 사람들을 사
랑할 수 없다고까지 말하기도 한다. 이들은 다른 사람들을 가치 있
게 여길 수 있으려면, 먼저 자신을 가치 있게 바라볼 수 있어야 한다
고 말한다. 또 만일 자신을 진심으로 사랑하지 않거나 가치 있게 여
기지 않는다면, 다른 사람을 가치 있게 여길 수도 없을 것이라고 말
한다.

성경 말씀은 일차적으로 이웃을 사랑하는 것에 우선순위를 두고

있다. 자기사랑을 전제 조건으로 하고 말씀하신 것이다. 우리가 자신을 사랑한다는 것을 전제하고 계셨던 것이다. 바울은 에베소서에서 '자기 아내 사랑하기를 제 몸 같이 하라' 고 하면서 같은 이야기를 하고 있다. 그는 '몸을 더 사랑하라' 고 주장하고 있는 것이 아니다. 우리가 자신의 몸을 사랑하는 것을 전제로 하고, 그 사랑을 아내에게 더 전할 것을 격려하고 있는 것이다. 그렇지 않은 경우의 자기사랑은 올바르지 않다.

남녀 간의 차이와 다름

여러 부부들과 상담할 때, 여자들이 하는 공통적인 말은 '속았다' 라는 것이다. 결혼 전에는 최상의 것만 보여주던 남자가 결혼 후에는 돌변한 것처럼 보이는 것 때문에 속았다고 말했을 것이다. 그러기에 일찌감치 남녀 간에 서로 간에 존재하는 차이와 다름을 알아야 했었다. 피차의 입장이 다르다. 여자는 '이렇게 나한테 잘하는 남자라면 죽을 때까지 잘 해주겠지' 라고 철석같이 믿는다. 반면에 남자는 '잡은 물고기에게 떡밥 주지 않는다.' 라며 일체의 관심을 꺼버린다. 그때부터 자기를 속인 배우자에게 이를 갈면서 원수라도 갚으려는 듯 평생 싸운다. 그런 부모의 모습을 지켜보고 자란 자녀들 입장에서는, 결혼이란 것이 썩 좋은 제도가 아니라고 여길 수 있다.

그러나 결혼은 모험이고 신비이다. 부부는 서로를 알아가며 성숙

해가는 순례길 동반자이다. 그 비밀을 알면, 결혼 이후 매 순간이 인생의 골든타임이다. 또 부부가 되어 서로 성장하는 모습을 보는 것 또한 행복이다. 행복은 지금 신비의 여행 속 삶이라 생각한다. 서로 성장하는 삶을 상상하면 신비감을 느끼게 된다. 이 비밀을 알았던 스위스 정신과 의사 폴 투르니에는 이렇게 말한다. "결혼은 모험이다. 어드벤처다. 신비의 여행 속에는 모든 것이 다 들어 있다."

그렇다. 결혼이란 행복에 초점을 맞춘 모험이다. 모험이란 스릴과 위험요소가 포함되어 있어야 모험이다 '. 롯데월드' 의 풀 네임 '롯데월드어드벤처' 에도 '모험[adventure]이라는 단어가 들어 있다. 만약 롯데월드에 '어드밴처' 가 없다면 아이들은 그곳에 가지 않을 것이다. 아이들이 놀이동산에 가기 좋아하는 이유는 바로 그 '모험' 때문이다. 롤러코스터를 타는 이유도 바로 그 위험요소와 스릴에 있다. 빠른 속도, 머리카락을 때리는 바람, 요동치는 심장, 마치 금방이라도 바닥으로 떨어져 죽을 것 같은 느낌으로 두렵지만, 끝나고 나면 또 타고 싶게 하는 이유는 딱 하나 바로 모험이기 때문이다. 결혼도 그렇다. 결혼하는 것 자체가 모험이다. 그 모험의 길에서 현명한 사람들은 배려, 섬김, 격려, 지지, 공감, 사랑, 오래 참음, 양선, 희락, 절제 등을 배운다. 행복은 입체적이다. 사람마다 보는 관점이 다르고 과정이 다르다. 결혼은 두 사람이 만나 연합을 이루어나간다. 웨딩마치를 울리는 순간부터 천국으로 소풍을 가는 날까지 함께 하는 것이 진정한 부부이다.

겉으로 보기에도 남자와 여자는 완전히 구별된다. 신체적으로 남자는 골격이 크고 단단하지만, 여자는 작고 부드럽다. 여성 호르몬의 영향으로 여성들은 행동과 감정에서 남자와 큰 차이를 보인다. 남자와 여자는 형태학적으로나 기능적인 면에서 양극성과 보완성을 지니고 있다. 그래서 남자와 여자의 갈등은 필연적이라고까지 할 수도 있지만, 오히려 서로 다름을 알면 알수록 신비로움에 빠져들 수 있다. 그것이 결혼의 비밀이다. 이 양극성과 보완성은 남녀의 심리에도 그대로 반영된다.

남편이 들소라면 아내는 나비다. 들소가 나비의 민감성을 흉내 낼 수 없는 것처럼 나비 역시 들소의 힘을 흉내 낼 수 없다. 들소는 우직하고 무신경한 동물이다. 미풍은커녕 강한 바람에도 끄덕하지 않는다. 들소는 나비가 좋아하는 예쁜 꽃들을 아무렇지 않게 무참히 짓밟아 놓을 수도 있다. 그러나 지혜로운 나비는 들소를 꽃밭으로 오게 하지 않고, 밭으로 데려 간다. 잘 부리기만 하면, 들소는 그 넓은 밭도 단숨에 갈아엎는다.

남녀차이를 공부하면 할수록 남자와 여자의 차이는 '틀림'이 아니라 '다름'임을 알고 인정하게 된다. 나이가 드니 요즘 아내의 머리가 많이 빠진다. 저녁마다 머리에 좋다는 약을 뿌리고, 정성껏 두피마사지를 해준다. 나는 아내의 탈모를 자연스러운 현상으로 받아들인다. 지금의 나이가 되고 보니, 이제는 서로의 눈빛만 보아도 그 느낌이 바로 전달된다. 남녀차이를 신혼 때부터 진작 알았다면 얼마나 좋았을까? 아니, 결혼하기 전부터 알았다면 또 얼마나 더 좋았을까? 그랬다면 '다른' 것을 '틀린' 것으로 알고, 서로 목청을 높이고 갈등하고 힘겨워하지 않았을 것이다. 그보다 서로 다르게 생긴 상대의 그릇에 무엇이 담겼는지에 대한 호기심이 발동되어, 나와 다른 성(性)에 대해 하나하나 알아가는 재미를 누렸을 것이다. 결혼의 미스터리는 푸는 사람에겐 언제나 재미있는 것이지만, 풀지 못하는 사람에겐 답답하게 만드는 요인이다. 그 미스터리를 푸느냐 못 푸느냐는 우리 각자의 몫이다

건강한 자존감이 긍정적 자아상

자아상에 대한 많은 혼란은 자기중심성과 개성을 혼동하는 데서 비롯된다. 개성은 우리가 누구인지 말해주는 것이다. 자기중심성은 우리의 본성으로부터 표현된 것이다. 천성적으로, 또 기질적으로 이기적인 사람이라고 해서, 그 사람의 개성까지도 이상한 것은 아니다. 건강한 자기사랑을 자기과시와 동일시해서도 안 된다. 건강한 자기사랑에 근거한 건강한 자존감을 갖기 위해서는 긍정적인 자아상을 갖는 것이 필수다. 우리는 자신이 누구이며, 어떤 사람인지 알아야 한다. 자신의 결함도 숨기지 말고 밝히고 알아야 한다. 스스로

의 눈을 속여서는 안 된다. 대부분의 사람들에게 자신의 결점과 허물을 덮으려 하는 문제적 습성이 있다. 그러나 동시에 우리는 자신의 강점 즉 우리 안에 있는 '거인'을 인정하는 자기 정직성도 충분히 지니고 있어야 한다. 우리 안에 있는 '메뚜기에 대해서는 정직해지면서, 왜 우리 안에 있는 '거인'은 그리 쉽게 부인하는가!

어떻게 하면 우리의 재능을 선하게 쓸 수 있을까? 긍정적 자아상에 바탕을 둔 건강한 자존감은 자신의 강점과 약점을 모두 정확하게 자가 평가하는 특징과 함께, 자신의 부적절함을 기꺼이 수용하는 자발성을 지니고 있다. 이것이 건강한 자기사랑이다. 건강한 자기사랑은 개인적인 강점을 과장한 느낌에 근거하지 않는다. 건강한 자기사랑은 근본적으로 자신을 인식하는 자발성으로 이루어져 있다.

Point

인간은 세상을 바라보는 눈과 함께 자기 자신을 바라보는 눈을 가지고 있다. 이것이 자아상인데 자아상은 평생 동안 인간의 생각과 느낌을 지배하며, 개인의 말과 행동을 통해 반드시 겉으로 드러난다.

아버지가 들려 주는 무대 위 행복

02

긍정적 자아상

분명한 정체성을 가져야 한다

어떤 사람이 암탉에게 독수리 알을 품게 했다. 그렇게 부화한 독수리 새끼는 병아리들과 함께 자랐다. 독수리는 닭처럼 살아가면서 자신이 닭이라고만 여겼다. 땅바닥을 긁어 벌레를 잡고, 닭 울음소리를 내며 날개를 퍼덕거려 공중으로 두어 자씩 날곤 했다. 세월이 흘러 독수리도 늙어갔다. 어느 날 무심코 하늘을 쳐다보니 큼직한 새가 우람한 날개를 활짝 편 채, 세찬 바람 속에서도 우아하고 위풍당당하게 날고 있었다. 늙은 독수리는 경외심을 느끼면서 동료 닭에게 물었다. "저 새는 누구지?" 동료 닭이 대답했다. "응, 저 새는 새들의 왕이신 독수리님이야. 딴 생각 품지 마, 우린 독수리와는 다르니까." 독수리는 끝까지 자신이 닭이라고 여기면서 살아갔다.

사람은 누구나 세상에서 가장 존귀한 존재다. 고로 자신의 가치를 함부로 깎아내려선 안 된다. 자기의 있는 모습 그대로 받아들여야 긍정적 자아상을 가질 수 있다. 그렇게 하기 위해선 정체성 확립이라는 큰 숙제를 반드시 완수해야만 한다. 정체성이란 '나는 누구인가?'에 대한 답이다. 따라서 자신의 정체성을 모르는 사람은 자신의 참가치를 모를 수밖에 없다. 이 세상에 태어난 존재 이유를 알 수 없다. 존재의 이유를 모르는 사람이 행복할 리 없다. 정체성을 분명하게 확립한 사람들의 특징 중 한 가지는, 저마다의 분명한 소명과 사명을 가진다는 점이다. 분명한 정체성일수록 분명한 사명을 가진다. 그리고 그런 사람은 자신에 대한 '빅 픽처'를 그릴 수 있게 된다. 빅 픽처를 선명하게 가진 사람일수록 건강한 자아상을 가지고 있으며, 자신은 물론 주변 사람들에게 힘 있는 사람으로 비춰진다. 이런 사람에겐 사람이 따라 붙을 수밖에 없다.

심리학자 에릭 에릭슨에 의하면 십대들과 20대 초반의 성인들은 개인 정체감을 형성하는 과업에 직면한다고 한다. 발달의 다른 단계에서와 마찬가지로 이러한 위기를 어떻게 잘 해결하느냐가 장래의 성격발달과 적응패턴을 결정짓는다고 볼 수 있다. 그의 말에 따르면 정체성은 타고 나는 것이 아니라 자신이 만들어 가는 것이다. 자신의 정체성을 찾는 방법은 사회로부터 판단된 자신을 발견하거나, 자

아버지가 들려 주는 무대 위 행복

신이 생각하는 자신을 발견하거나 둘 중의 하나다. 정체성은 "나는 누구이며 어디에 속하여 있나?"라는 질문을 던지게 만든다. 근대(近代) 이전에는 이러한 물음에 대한 답이 정해져 있었다. 나를 찾는다는 것은 사회적으로 만들어진 자기 자기만의 정체성을 찾아가는 과정 즉 자기의 정체성을 찾아간다는 뜻이다. 나의 발달 과정을 잘 알면 건강한 정신을 유지할 수 있다. '축복의 통로'라는 정체성이 있다. 어디를 가든지 선한 영향력을 나누는 정체성이다.

에릭슨이 제시한 발달의 여덟 단계를 살펴보면, 인생의 주기마다 어떻게 성공적으로 살아야 하는지를 알 수 있다. 청소년기는 진로 탐색, 자아 통제, 성 차이, 성 역할, 사회화와 연관되어 있다. 따라서 자아 정체성이 높을수록 진로 결정 수준이 높다. 반대로 정체성 확립이 안 된 청소년일수록 진로 결정을 잘 하지 못 한다. 따라서 청소년 우울증은 정체성을 확립하지 못한 청소년에게 나타나는 '영혼의 감기'라고 할 수 있다. 에릭슨은 장기적으로 명확한 정체성을 형성하지 못한 개인들은, 혼미상태에 빠져 목적 없이 떠돌며 우울해지며 집중력과 의사결정 능력이 저하된다고 하였다.

자녀들이 건강한 정체성을 형성하게 하려면, 부부가 사랑하는 모습을 보여주는 가정환경이 중요하다. 정태기 상담 박사는 "자식 사랑의 뿌리는 부부 사랑에 있다."라고 단언하였다. 자식을 사랑하려면 부모가 먼저 부부로서 서로 사랑해야 한다는 전제가 깔려 있다. 유대인들은 아이의 '마음그릇'을 만드는 데에 많은 노력을 기울인다. 어릴 때부터 깊은 신앙교육을 하고, 부부는 사랑하는 모습을 보여주되 절대로 싸우지 않는다. 부모가 싸울 때, 자녀는 불안감과 수치심으로 마음의 그릇이 깨진다. 흔들리는 가정에서 자란 아이의 마음그릇은 간장이나 고추장 따위나 담는 작은 종지기가 되거나 깨진 그릇이 된다. 그런 그릇은 사람의 마음을 담지 못한다. 그러나 자존감의 뿌리가 튼튼하게 내린 사람은 항아리가 된다. 항아리는 모든 것을 받아들인다. 그 안에서 창의성이 나오고 역사를 바꾸는 힘이 나온다. 마음 그릇이 커야 다른 사람을 수용한다.

정체성을 형성하는 탁월한 방법

세계 최고의 재벌이었던 록펠러(John Davison Rockefeller, 1839~1937)는 부자로도 알려졌지만, 기부자로서도 크게 이름이 알려진 사람이다. 그는 가난한 집안 출신으로 고등학교 학력이 전부였고, 주급 4달러를 받으며 일했던 평범한 청년이었다. 그런 그가 석유회사 '스탠더드 오일'을 창업해 33세에 백만장자가 되었으며, 43세에는 미국 최고의 부자, 53세에는 세계 최고의 부자가 되었다. 그러다 자신의 회사가 미국 석유 시장의 95%를 독점하게 되자, 여론이 악화하였고 이후 독점금지법에 의해 불법기업 판정을 받는 등 큰 어려움을 겪었다. 게다가 55세에 불치병으로 1년밖에 살지 못한다는 진단을 받았다. 이때부터 그는 자신이 지금까지 이웃을 위해 살지 못했다는 것을 깨닫고 자선사업가로 변신하여 수많은 기부를 했다. 이후 1년밖에 살지 못한다던 그는 98세까지 장수를 누리는 복을 받았다. 그것은 나눔을 실천했기 때문이었을 것이다.

정체성을 형성하는 탁월한 방법 중 하나가 신앙이다. 시카고대학은 록펠러가 세운 학교이다. 그는 시카고대학 설립을 위해서 11조 5000억 원을 기부했으며, 이 밖에도 세계 최대 공익재단인 '록펠러 재단'과 '록펠러 의학연구소'를 설립하여 병원을 짓고, 4,928개 교회와 12개 종합대학과 12개 단과대학을 설립했다. 그의 나이 76세 되던 해에 먼저 하늘나라로 간 아내를 기념하기 위해 시카고대학 내에 교회를 건축했다. 교회 헌당식에서 한 기자가 그에게 물었다.

"지금까지 회장님은 오랫동안 세계 최고의 부자로 살고 계시는데, 그 비결이 무엇입니까?" 이에 록펠러는 이렇게 대답 했다. "어머니로 부터 세 가지 신앙 유산을 받은 것이 그 비결입니다. 첫 번째 유산은 십일조 생활입니다. 어렸을 때 나는 용돈을 20센트씩 받았는데, 그때마다 어머니는 십일조를 들이는 습관을 가르쳐 주셨습니다. 두 번째 유산은 교회 맨 앞자리에 앉아 예배를 드리는 것입니다. 세 번째 유산은 교회 일에 순종하고 목사님의 마음을 아프게 하지 말라는 것입니다. 나는 어머니의 말씀에 따라 하나님께 많은 물질을 드리면서 20년, 30년 후에 그것이 반드시 어마어마한 열매를 맺는다는 것을 확인할 수 있었습니다. 이런 성경의 경제학을 나는 철저히 내 어머니에게서 배웠습니다."

록펠러가 하나님으로부터 받은 복은 그의 후손에게도 이어졌다. 록펠러 가문은 석유뿐 아니라 항공, 원자력, 금융 등 다양한 산업 분야에서 명성을 누렸고, 부통령(손자 넬슨 록펠러)과 아칸소 주 주지사(손자 윈스럽 록펠러와 증손자 윈스럽 2세)를 배출하는 등 정계와 재계에서 활동하며 물질의 복과 장수의 복을 누렸다. 아직까지도 미국 역사상, 그리고 인류 역사상 최고 부자는 빌 게이츠가 아니라 존 D. 록펠러라고 한다. 록펠러의 재산은 당시 미국 국내총생산 65분의 1에 이르렀는데, 그는 자신의 재산의 35%나 기부에 사용했다.

자신과 타인을 있는 그대로 수용한다

긍정적 자아상을 가진 사람은 자신뿐 아니라 타인도 있는 그대로 받아줄 줄 안다. 또 타인으로부터 오는 인정과 칭찬도 받을 줄 안다. 자신을 사랑할 줄 아는 것도 중요하지만, 타인의 사랑을 받을 줄 아는 것도 중요하다. 사랑을 할 줄 알고 받을 줄 아는 사람은 어디에서 누구를 만나든 늘 해피 바이러스를 전파한다.

긍정적 자아상을 가진 사람은 자신의 독특함을 알고 그것을 키우려 노력한다. 자신의 독특함과 능력은 자긍심이 된다. 자긍심이 있는 사람은 다른 사람과 비교하지 않는다. 다른 사람의 외모나 학벌, 외적인 능력이나 집안 환경과 비교하지도 않는다. 또 다른 사람의 약점이나 부족함을 건드리지 않는다.

자아상에는 외적 자아상과 내적 자아상이 있다. 외적 자아상은 거울에 비친 자신의 모습 그대로이고, 내적 자아상은 자기 생각 속의 모습이다. 내적 자아상이 어떤가에 따라 삶의 질과 방향은 달라진다. 내적 자아상이 건강해야 결혼을 했을 때도 원만한 부부관계를 유지할 수 있다. 내적 자아상이 약할 때 사람은 기본신뢰감[basic trust]을 형성하지 못한다. 그렇게 되면 배우자를 믿지 못하게 되고, 늘 위험요소로 작동된다. 그래서 결혼을 위한 전제 조건으로 건강하고 원만한 정신을 꼽는다. 신체적 건강도 중요하지만 정신건강도 매우 중요하기 때문에, 배우자를 위한 최상의 선물은 건강한 신체와 건강한 정신을 갖는 것이다.

희망적인 사실은, 내적 자아상은 거울에 비친 외적 자아상을 통해서 바뀔 수 있다는 사실이다. 믿음의 사람은 자기가 자기를 보는 게 아니라, 믿음의 거울로 자신을 보게 된다. 이전의 자기는 완전히 죽었고 ,지금의 자기는 새로운 삶의 주인공이 되었다.

하나님은 우리 인생의 대장장이시다. 낡고 녹슬고 무딘 연장을 도가니에서 녹여 다시 망치질과 담금질을 통해 새로운 연장으로 만드신다. 그 분께서 연단하시고 나면 다 새롭게 쓰신다. 부정적 자아상을 도가니에 넣어 녹여야 한다. 그리고 새로운 자아를 받아들이면 된다. 우리가 과거에는 죄의 종이었으나, 이제는 그 신분이 바뀌었다고 성경은 말씀하신다. 하늘나라를 상속받는 존재가 된 것이다. 더 이상 과거의 자아상, 부정적 자아상의 노예로 살 이유가 없다.

긍정적 자아상의 소유자 다윗

다윗이 골리앗과의 싸움에서 승리할 수 있었던 것은 긍정적인 자아상을 가졌기 때문이었다. 골리앗은 30대의 기골이 장대한 거인이었다. 창의 손잡이가 베틀 채 같았다고 할 정도였다. 다윗이 골리앗의 창을 들려면 양손으로 감싸 쥐어야 겨우 잡을 수 있을 정도로 골리앗은 거대했다. 반면에 다윗은 겨우 17살, 아직 얼굴에 홍조를 띠고 있는 어린 소년이었다. 키가 작아 사울이 주는 갑옷을 입을 수도 없을 정도로 작았다.

그런 다윗이 골리앗을 향해 싸우러 나갈 수 있었던 것은, 골리앗의 지금 모습을 본 것이 아니라 자기가 지금까지 그가 싸웠던 수많은 곰과 사자 중의 하나로 보았기 때문이었다. 그 동안 사나운 짐승들을 물리쳤던 성공 경험, 즉 자기효능감에 바탕을 둔 것이었다. 하나님을 모독하는 골리앗에 대한 의분(義憤) 또한 다윗의 용기를 부추겼다. 출전에 앞서, 다윗은 자신을 못 미더워 하는 사울에게 이렇게 말한다. "주의 종이 아버지의 양을 지킬 때에 사자나 곰이 와서 양 떼에서 새끼를 물어 가면 내가 따라가서 그것을 치고 그 입에서 새끼를 건져내었고 그것이 일어나 나를 해하고자 하면 내가 그 수염을 잡고 그것을 쳐죽였나이다. 주의 종이 사자와 곰도 쳤은즉 살아 계시는 하나님의 군대를 모욕한 이 할례 받지 않은 블레셋 사람이리이까? 그가 그 짐승의 하나와 같이 되리이다(삼상 17:34~36)."

그리고 골리앗을 향해 나가서는 이렇게 말했다. "너는 칼과 창과 단창으로 내게 나아오거니와 나는 만군의 야훼의 이름 곧 네가 모욕하는 이스라엘 군대의 하나님의 이름으로 네게 나아가노라. 오늘 야훼께서 너를 내 손에 넘기시리니 내가 너를 쳐서 네 목을 베고 블레셋 군대의 시체를 오늘 공중의 새와 땅의 들짐승에게 주어 온 땅으로 이스라엘에 하나님이 계신 줄 알게 하겠고 또 야훼의 구원하심이 칼과 창에 있지 아니함을 이 무리에게 알게 하리라. 전쟁은 야훼께 속한 것인즉 그가 너희를 우리 손에 넘기시리라(삼상 17:45~47)."

긍정적 자아상의 소유자 다윗은 결국 골리앗 싸움에서 승리를 쟁취하고 말았다.

나는 내가 생각하는 나보다 훨씬 크다

미국의 시인 월터 휘트먼의 시집 『풀잎』에는 "나는 내가 생각하는 것보다 크고 우수하다. 나는 나의 내부에 이렇게도 좋은 점이 많은 줄 몰랐다"라는 말이 나온다. 이는 긍정적인 자아상이다. 세례요한

으로부터 세례를 받으신 예수님을 향해 하늘에서 음성이 들렸다. "하늘로서 소리가 있어 말씀하시되 이는 내 사랑하는 아들이요, 내 기뻐하는 자라 하시니라." 예수님의 정체성을 다시 한 번 각인시키는 장면이다. 하나님은 공생애를 시작하는 아들, 세상이라는 무대를 향해 나아가는 아들을 향해 "내 사랑하는 아들이요, 내 기뻐하는 자"라는 음성을 통해서 자존감은 물론 자기 효능감을 발휘할 수 있도록 힘을 북돋아 주셨다. 이런 언어는 생명의 언어들이다.

권석만 교수는 그의 책『긍정심리학』에서 "사랑, 우정, 유대감, 애착과 같이 인간관계에서 경험하게 되는 긍정적 체험이 중요하다"고 강조한다. 그 중에서 특히 사랑은 인간이 경험할 수 있는 가장 강렬하고도 긍정적인 체험이다.

따라서 부모들은 자녀에게 "너는 자랑스럽고 우리에게 소중하다."는 말을 자주 해 주어야 한다. 사람은 칭찬과 격려를 받을 때 가장 행복하다. 최근에 뇌과학자들은 칭찬과 격려를 들을 때의 뇌는 춤을 출 때와 똑 같다고 한다. 그러니 만나는 사람마다 "당신은 존귀하고 중요한 사람"이라고 자주 말해 주어라. 그런 말을 자주 듣게 되면 정말로 그런 모습으로 만들어지기 때문이다. 말의 힘은 엄청나게 크다. 축복의 언어는 아무리 많이 사용해도 지나치지 않으니, 틈만 나면 주변 사람들을 축복해 주어라. 축복 자체로도 큰 영향력을 미칠 수 있다. 인간의 정신은 의식과 무의식으로 나누어져 있는데, 축복의 언어를 들을 때, 그것이 진심이 아니거나 겉치레로 하는 말일지라도 반복해서 듣게 되면 무의식에서 기정사실로 받아들인다.

긍정 자아상 무대 위에 행복감

부모는 자녀에게 충분한 사랑을 줘야 한다. 사랑을 받아본 사람이라야 사랑을 주는 사람이 될 수 있기 때문이다. 더구나 부모는 "주의 사랑과 훈계로 자녀를 키우라"는 사명을 부여 받았다. 자녀는 내 소유물이 아니라 위탁받은 하나님의 선물이다. 자녀들은 보석같이 귀하고 세상에서 단 하나 밖에 없는 유일무이한 존재다. 아이들은 어릴 때 받은 부모의 충분한 사랑을 통해서 긍정적 자아상을 형성한다. 또 성장해 가면서 유능한 존재가 되어 세상을 밝힌다. 부모의 사랑은 자녀들을 세상이란 무대에서 유능한 존재가 되어 자기 효능감을 느끼도록 해 주는 힘의 원천이다.

긍정적 자아상을 바탕으로 하는 자존감을 만들어주는 사랑을 '뜨거운 사랑[hot love]' 이라 하고 자기 효능감을 만들어주는 사랑을 '차가운(엄격한) 사랑[tough love]' 이라고 한다. 부모의 최종 사명은 나보다 위대한 자식을 세상이란 무대로 올려 보내는 것이고, 그 무대에선 자녀가 마음껏 노래하고 춤추어 재능을 발휘하도록 하여 행복을 누리도록 해 주는 것이다.

어릴 때는 뜨거운 사랑을, 성장한 자녀에게는 차가운 사랑을 해야 할 이유가 있다. 자녀로 하여금 자신이 세상에 태어난 이유를 알게 하기 때문이다. 실존주의 철학자 키에르 케고르는 "인생에서 가장 행복한 날은 자신에게 주어진 사명을 발견하는 날이다."라고 말했다. 자녀의 소명[calling]과 사명[mission]은 하나님을 믿는 믿음 안에서 만들어진다. 그래서 교육 중에 가장 차원 높은 교육은 신앙교육인 것이다. 부모는 가정생활을 통해서 자녀의 신앙교육을 제대로 해야 할 의무가 있으며, 회중교회와 가정의 신앙교육의 조화가 전적으로 필요하다. 그래서 부모는 제사장의 소임을 완수해야 한다. 가정에서의 제사장(부모) 사명은 신앙을 자녀에게 전수 시키는 것이다. 세계제일의 유대인 교육도 가정에서 이루어지는 신앙교육에서부터 시작된다.

Point

긍정적 자아상을 가진 사람은 자신뿐 아니라 타인도 있는 그대로 받아 줄 줄 안다. 사랑을 할 줄 알고 받을 줄 아는 사람은 어디에서 누구를 만나든 늘 해피 바이러스를 전파한다.

03

부정적 자아상

분노와 우울증을 유발한다

자기혐오의 결과는 광범위하게 퍼져나가, 개인이나 사회에 암과 같은 영향력을 미친다. 부정적 자아상으로 인한 낮은 자존감은 우울증과 분노를 만들어낸다. 생명력과 확신도 앗아간다. 적절한 자기주장이 결여된 사람들은 자신의 주장을 피력하고, 권리를 주장할 만큼 자신이 가치 있다고 느끼지 못하기 때문에 자기를 혐오한다. 자기혐오는 비판주의와 판단의식을 만들어내어 대인관계에 여러 가지로 부정적 영향을 미친다. 또한 삶의 모든 영역에 스며든다. 어떤 크리스천도 자기혐오가 만들어내는 파괴성에서는 벗어나지 못한다.

자기혐오가 일으키는 가장 불행한 결과는 대체로 거짓된 겉모습을 만들어내는 것이다. 스스로 인식한 약점을 메우기 위해, 거짓된 얼굴 뒤에 숨어서 외식주의자의 모습을 하게 된다. 어린 시절을 거치면서 우리는 스스로 인식한 개인적인 약점에 대항해 자신을 방어하는 법을 습득한다. 다른 사람들의 거절에 상처 입기를 원치 않기 때문에 뒤로 물러나 자기은폐의 껍질을 만들어내기도 한다.

이러한 거짓된 겉모습은 두 가지 유형으로 나타난다. 한 가지는 자기 모습에 선별적으로 집중하고 과장함으로써 자기 속의 거인을 과대 포장하는 것이다. 우리는 자신의 실제 강점을 무시하거나 심지어 부인하기까지 함으로써 자신의 자아상을 왜곡한다. 부적절함에만 초점을 맞추고 자신의 강점 드러내기를 거부하면서 말이다. 실패를 두려워하며 자신의 결함을 숨기기 위해 우스꽝스러울 정도로 자신을 과대 포장하는 극단적인 방향으로 나아가기도 한다.

무가치감이 가득해질까봐 위험을 느끼는 이들도 있다. '메뚜기' 같은 자신의 모습을 숨기고, '거인' 같은 모습을 드러내는 데에 모든 에너지를 다 바친다. 별 것 아닌 성취에서 자부심을 느끼고 사소한 성공도 내세워서 자랑한다. 어떤 대가를 치러서라도 완벽하게 보여야 하며, 비평이나 실패에는 극도로 예민해진다. 비평을 조금만 받아도 자신이 쌓아놓은 취약한 자기 확신을 뒤흔들 수 있는 홍수가 될까 두려워, 은폐한 부분에 조금만 틈이 보여도 틀어막으려고 달려간다. 비판을 받지 않으려고 말이다.

거짓된 겉모습의 또 다른 유형은 자기 안의 '메뚜기', 또는 자기 안에 있는 사소한 강점을 과장하는 것이다. 우리는 자신의 부적절함에 완전히 몰입되어 그것들을 바꾸는 데 모든 에너지를 쏟는다. 자신의 현재 모습을 혐오하며 곧 다른 모든 사람들까지도 미워하게 된다. 지나치게 자신을 비판하고 거절하게 되어. 실패야말로 자신에게 좋은 점이 전혀 없다는 것을 증명해주는 것이라고 생각하고 실패를 받아들여 자기 처벌의 도구로 사용한다.

더 나아질 수 있다는 확신이 부족하면, 자신이 인식하는 방식에 대해서도 편집증에 빠지게 된다. 약점을 드러내는 위험을 감수하기보다 사람들과 거리 두기를 더 좋아한다. 사람들이 '메뚜기' 같은 자신의 모습을 싫어할까봐 두려워하는 것이다. 자신에게는 남에게 제시할 만한 어떤 가치 있는 것도 없다고 느끼고, 새로운 우정을 시도하거나 새로운 노력을 해보는 위험을 감수하지 않은 채 뒤로 물러나 있는 경우도 많다.

이러한 거짓된 겉모습은 둘 다 우리를 영원한 속박에 묶어놓는다. 다른 사람들은 우리의 참자아가 아닌 거짓된 겉모습에 반응하게 된다. 그러나 그 어떤 정신적 조작 때문에 실제로 우리는 사람들이 자신의 참 자아에 반응해주기를 기대하지만, 사람들에게 칭찬의 말이나 찬사의 말을 듣게 될 때마다 하잘 것 없게 느껴진다. 사람들이 우리의 가면에 반응하고 있는 것인지, 우리의 참 자아에 반응하고 있는 것인지 절대로 알지 못하게 되는 것이다.

비평을 들을 때마다 건설적으로 받아들이기보다는 오히려 상처를 얻는 경우가 더 많다. 이 혼란이 우리를 묶어놓는다. 이러한 조건 하에서는 절대로 성장할 수 없다. 심리적 성장(다른 사람들과의 사회적 상호 작용)의 씨앗은 혼란과 불신이라고 하는 자갈밭에 떨어져 자신의 현실적인 참자아상이 형성되지 못하게 한다.

그런데 긍정적 자아상의 기초를 세우려면 현실적인 상(像)이 필요하다. 현실적인 자아상을 가지려면 신뢰할 만한 사람들이 우리의 참 자아에게 말하는 정직한 피드백에 마음을 열어야 한다. 이러한 피드백이 없으면 우리의 자아상은 왜곡된 상태로 남아 있을 것이며, 자기혐오에서 벗어나지 못하는 낮은 자존감의 소유자로 남게 될 것이다.

부정적 생각이 부른 죽음

열차를 수리하는 팀이 있었다. 그 중 한 사람은 열차 냉동 칸에서 작업을 하고 있었다. 퇴근 시간이 가까워 올 무렵이었다. 밖에서 작업하고 있던 작업자가 냉동 칸에 아무도 없을 것이라고 생각하고 무심코 문을 닫고 퇴근해 버렸다. 냉동 칸 안에서 작업에 열중하고 있던 사람이 문이 닫힌 사실을 알았을 때는 벌써 모든 작업자들이 퇴근해버린 후였다. 당황한 그는 소리를 치면서 닫힌 문을 열려고 갖은 애를 썼지만 소용이 없었다. 밖에서만 열 수 있는 문이었기 때문

아버지가 들려 주는 무대 위 행복

이었다. 그렇게 소리를 지르고 몸에 피멍이 들 정도로 부딪히면서 용을 써보았지만 굳게 닫힌 문은 열리지 않았다. 얼마나 지났을까, 문득 그는 자신이 냉동 칸에 있다는 사실을 인식하게 되었다. 그 사실을 깨닫자 몸이 덜덜 떨리기 시작했다. 갑자기 추위가 엄습한 것이었다. 그는 이제 얼어 죽을 지도 모른다는 생각에 공포에 휩싸였다. 왜냐하면 평소에 냉동 칸의 온도는 보통 영하 30도 이하였기 때문이다. 다시 큰 소리로 살려달라고 죽을 힘을 다해 계속 외치면서 주먹으로 철문을 두드렸다. 그렇게 시간이 지났지만, 문은 열리지 않았으며 조그만 인기척도 없었다. 다시 추위가 그를 괴롭히기 시작했다. 별별 수를 써봤지만 소용이 없자 그는 절망에 빠지고 말았다. "아, 이제 희망이 없어. 난 꼼짝없이 얼어 죽고 말 거야. 그는 주위를 돌아보다가 볼펜 한 자루와 마분지를 발견하고, 자신이 처한 상황을 적어 내려갔다. '춥다. 점점 몸이 마비되고 있다. 이것이 나의 마지막 글이 될 것이다.'

다음날 아침이었다. 출근한 승무원들이 냉동 칸 문을 열었을 때였다. 구석에 쪼그린 채 죽어 있는 사람을 발견하고 깜짝 놀랐다. 부검 결과 동사로 밝혀졌다. 그런데 놀라운 것은 냉동 칸은 꽤 오랫동안 고장이 나 있어 기능이 정지된 상태였다. 냉동 칸의 내부 온도는 좀 서늘하다고 느낄 정도의 온도였을 뿐이었다. 고작 그 온도에서 그가 동사할 이유가 없었다. 부정적 생각이 심리적 위축을 가져왔고 엉뚱하게도 한 사람을 죽음으로 몰아넣은 것이었다.

긍정적 생각이 부른 성공

프랑스 사람들은 『빅 픽처(The Big Picture)』의 저자인 더글러스 케네디의 소설에 열광한다. 왜 그럴까? 작가의 소설 전반에 녹아 들어 있는 박학다식한 면모, 등장인물에 대한 완벽한 탐구, 대자연에 대한 신비롭고 장엄한 묘사, 풍부한 예술적 소양이 크게 어우러져 있기 때문일 것이다. 그는 프랑스 문화원에서 기사 작위를 받았으며, 2006년에는 프랑스 문예공로훈장 슈발리에(Chevalier)를, 2009년에는 프랑스의 유력 신문 〈르 피가로〉로부터 '그랑프리상[Grand Prix du Figaro]'을 받았다.

항상 긍정적이었던 그는 미국에서 태어났지만 '기만적인 미국의 모습이 싫다'는 이유로 과감히 미국을 떠나 유럽에 둥지를 틀었다. 날개를 가지고 있으면 언제든 날 수 있다. 그는 꿈의 날개를 가졌기에 미국이 아닌 유럽에서 유명한 작가라는 날개를 활짝 펼칠 수 있었다.

열차 수리공은 부정적 자아상을 가졌기 때문에 냉동 칸에서 스스로를 죽이고 말았다. 더글러스 케네디는 긍정적 자아상과 밝은 미래를 믿었기에 타국에서도 크게 이름을 떨칠 수 있었다. 건강한 자아상만 있다면, 지금보다 더 멋진 미래를 믿고 인생의 모든 영역에서 점점 자라나는 자신을 기대해도 좋다. 우리의 부서진 꿈, 상처와 고통은 언제든 치유될 것이며, 그것 때문에 인생이 망가지는 게 아니라 그것 덕분에 인생의 꿈을 이루게 될 것이라고 믿으라.

심리적 영양실조로 산다

부정적 자아상은 열등의식에 빠져 자신을 평가절하 하거나 학대에 이르게도 한다. 더 치명적인 문제는 부정적 자아상으로 유발된 낮은 자존감의 소유자는 남들이 주는 사랑과 관심도 받지 못한다는 사실이다. 그래서 더더욱 심리적 영양실조에 걸리거나 심리적 아사상태로 살아갈 수밖에 없다. 신앙을 가지더라도 왜곡된 이미지만 가지며, 감정을 억압하거나 강박관념에 빠진 채로 살아갈 위험이 다분하다. 부정적 자아상은 잠재력을 마비시키고, 비전(꿈)을 파괴하며, 대인관계를 어렵게 하며, 성공에 장애가 된다. 따라서 육체적 건강을 위한 영양 섭취도 중요하지만, 영혼을 살찌우는 심리적 영양에도 많은 신경을 써야 한다.

부정적 자아상은 배우자의 자존심을 침해한다

많은 부부가 지나친 자존심 때문에 불행하게 산다. 자존심 때문에 이혼했다는 사람도 있다. 매우 불행한 일이다. 배우자의 자존심을 건드리는 것도 문제지만, 자기의 자존심을 지나치게 내세우는 것도 큰 문제다. 부부란 친밀하고 서로 신뢰하는 사이로서, 벌거벗고 함께 지낼 수 있는 한 몸의 관계이다. 사소한 자존심을 내세우는 것은 친밀한 관계에서 어울리는 일이 아니다. 싸운 후 빨리 화해하지 못하는 원인도 알고 보면 부부간에 서로 불필요한 자존심을 내세우기 때문이다.

상담을 해 보니, 부부싸움 후 45일 이상이나 말을 한마디도 안 했다는 남편도 있었고, 아무 말도 안하고 1년 이상 각방을 썼다고 하는 아내도 있었다. 얼마나 어리석은 일인가? 누구에게도 이익이 되지 않는 일이다. 행복한 부부, 성숙한 남편과 아내가 되기 위해서는, 각자 자존심은 버리고 자긍심을 세워서 서로를 존중하고 사랑으로 대하는 노력을 해야 한다.

지나치게 남을 의식한다

'왜 나만 겪는 고난이냐고 불평하지 마세요.' 라는 가스펠 송 가사가 있다. 하는 일이 잘 안 되거나 불행을 겪게 되면 원망이 들게 마련이다. 부모를 원망하고, 이렇게 살고 있는 나를 원망하고, 사회를 원망하고, 불특정 다수를 원망하고, 급기야 하나님에 대한 분노로까지 이어진다. 자기가 틀렸다는 생각은 자기 비난으로 이어진다, 자신이 못났다고 생각하면 창피함이 밀려든다. 남들은 다 하는 일을 나만 못한다고 생각하면 무가치감이 올라온다.

아버지가 들려 주는 무대 위 행복

대인관계와 관련해서, '나는 남들만큼 쿨(cool)하지 못하다.'고 생각하는 사람을 자주 본다. 이런 사람들에게는, 남들은 모두 자기 주관과 여유를 갖고 살아가며, 인간관계에서도 적당한 거리도 유지할 줄 알며, 관계도 곧잘 정리하는 것처럼 보인다. 하지만 내 마음엔 항상 '남들이'라는 생각이 꼭 붙어서 떨어지질 않아서 이런 생각을 하게 한다. '나만 남들을 생각하는 것 같아.'

가까운 이들을 소홀히 여긴다

어릴 때부터 부모님으로부터 항상 남에게 친절하고, 남을 도와주라는 말을 들으면서 살아온 사람이 있었다. 그는 자라서 남들을 의식하고 남들을 위하면서 살았다. 하지만 소중한 그의 연인들은 매번 그의 그러한 태도를 견디지 못하고 떠나갔다.

남에게는 친절했지만, 그는 정작 자기 자신을 돌보는 일에는 서툴렀다. "그렇게 하면 남들이 뭐라고 하겠니?"하는 부모님 말씀이 늘 귀에 쟁쟁했기 때문이었다. 자기 시간, 자기 행복, 좋아하는 것이 무엇인지 몰랐으며 궁금해 하지도 않았다. 이런 사람은 자신뿐 아니라 가까운 사람들까지 소홀히 하는 습관이 생긴다. 이성 친구에게 친절하다가도 막상 연인 사이로 진행되고 나면 소원해지는 것도, 연인을 곧 나라고 생각하기 때문에 더 이상 관심을 주지 않기 때문이다. 드라마에 나오는 가부장적인 할아버지의 모습을 떠올려보자. 이웃주민이나 친척들에게는 더없이 친절하고 자상하다. 그러나 자기 자식에게는 끝없이 엄격하다. 타인에겐 관대하고 자신을 단련하려는 생각이 어긋나서 생겨난 일이다. 가까운 사람들이 무슨 죄인가?

자기 마음을 돌보지 않으면서 남에게만 신경을 쓰는 사람은 오히려 남에게도 부담을 준다. 은연중에 우리의 기억 속에는 친절한 사람들에 대한 이미지가 새겨져 있다. 그런데 그 기억들이 결코 좋은 것만은 아닐 것이다. 가식적으로 느껴져 오히려 불편하다든가, 친절하다가 갑자기 뒤통수를 친다든가 하는 기억, 그리고 '내가 이만큼 해줬으니 당신도 이만큼 해 줘.' 라는 태도를 보였던 사람에 대한 기억도 떠오른다. 그래서 지나치리만큼 남을 배려하거나 친절한 사람들을 보면, '준만큼 받으려 하지 않을까? 혹은 '뭔가 다른 의도가 있지 않을까?' 하는 생각을 하게 되는 것이다.

학교에서 모범생들이 무시를 당하고, 회사에서 일만 하는 착한 사람이 종종 험담의 주인공이 되는 것도 이런 이유에서다. 아무리 좋은 의도를 갖고 타인을 배려했다 해도 모든 사람들이 좋게 해석하는 건 아니다. 특히 직장은 암묵적으로 경쟁 관계에 있는 곳이기 때문에 열심히 하면 할수록 '당신이 그렇게 열심히 해버리면 우리는 뭐가 돼?' 하는 인식이 생기기 쉽다.

물론 친절한 사람을 대놓고 탓하지는 않는다. 그러면 자기만 나쁜 사람이 되기 때문이다. 하지만 어떻게 해서든 사람들은 그의 행동과 의도를 폄하하고 싶어 한다. 일종의 자기 방어 본능 같은 것이다. 그래서 암묵적으로 음해한다.

　중요한 것은, 남의 행복만을 위해서 하는 행동이 상대에게 부담을 주기 때문에 결국은 배신감과 서운함으로 발전될 수 있다는 점이다. 봉사를 하더라도 자신을 위한 봉사여야 한다. 자녀를 사랑할 때도 '나의 행복'을 추구하는 수준에서 이뤄져야 후회나 뒤끝이 없다.

　인간의 속성이 원래 이기적이라는 사실을 받아들여야 한다. 그래야만 조건 없이 사랑할 수 있고, 진심으로 타인을 위할 수도 있다.

Point

부정적 자아상으로 인한 낮은 자존감은 우울증과 분노를 만들어낸다.
현실적인 자아상을 가지려면 신뢰할 만한 사람들이 우리의 참 자아에게
말하는 정직한 피드백에 마음을 열어야 한다.

04

자아상에 따른 삶의 결과

플라톤이 본 성공하는 제자와 실패하는 제자의 차이

고대 그리스의 위대한 철학자 플라톤은, 같은 조건에서 공부를 해도 월등히 우수한 학생과 뒤처지는 학생이 있다는 사실에 관심을 가졌다. 또 자기를 거쳐 간 수많은 제자들 중에서 성공하는 경우와 그렇지 못한 경우가 있다는 점에도 주목했다. 연구 결과, 그는 그 원인을 어린 시절의 인간관계 특히 부모와의 관계에 있음을 알게 되었다. 부모는 가정의 두 기둥과 같아서 그 중 한 사람만 불안해도 그 가정에서 자란 아이는 정상적인 자아상을 갖기 힘들다. 부모가 싸우는 것을 보는 순간 어린아이는 수만 개의 세포가 뒤흔들린다고 한다. 부모가 싸우는 것을 보고 자란 아이, 어른으로부터 학대나 심한 억압을 받은 아이는 그 재능의 일부가 심하게 약해져 버릴 위험이

아버지가 들려 주는 무대 위 행복

있다. 나쁜 자아상을 가진 사람의 공통적 특성은 성격이 급하고 남의 등 뒤에서 비난하기를 일삼는다. 또 과도하게 자기를 유머러스한 사람으로 보이려고 지나치게 애를 쓰며, 타고 난 여러 가지 재능 중 한 두 가지, 특히 인간관계에 관한 재능이 유달리 뒤떨어진다.

희망적이게도 자아상은 얼마든 바꿀 수 있다. 자아상이 올바르게 바뀌면 마음속에 성공적인 기제가 자리 잡아 인생을 성공적으로 살아 갈 수 있다. 자아상을 바꾸면 자기를 좋아해주는 사람들의 사랑과 관심을 받아줄 줄 알게 되고, 미워하는 사람들이 있어도 그것을 사실로 받아들인다. 모든 사람의 사랑을 다 받아야 한다는 생각에 묶이지 않는 것이다. 그렇게 살아야 마음이 편하다. 내가 세상 사람들 모두를 다 좋아하거나 좋게만 바라보지 않는 것처럼, 세상 모든 사람이 다 나를 좋아해 줄 수는 없는 일이다. 또 사람들이 나를 좋게 바라보지 않는다고 해서 크게 문제될 것도 없다. 그것은 한정된 사람들의 시각일 뿐이다. 그 사람들이 나를 나쁘게 본다고 해서 내가 나쁜 사람이 되는 것도 아니다. 나는 언제나 나일뿐이다. 바꿀 것은 내가 아니라 나를 보는 그 사람의 관점이다. 이렇게 생각하는 한, 언제 어디서 누구를 만나도 주눅 들지 않는다. 지나치게 남의 눈치를 볼 필요가 없다. 자신만의 특별한 능력, 독특함이 있다고 스스로 인정하면 더더욱 당당해질 수 있다.

자아상이 일생을 좌우한다

심리학자 맥스웰 말츠 박사는 '정신에도 성형수술이 필요하다.'고 했다. 자아상도 변화시킬 수 있다는 뜻이다. 그에 따르면, 사람마다 자아상이 있으며 성공적인 자아상과 실패하는 자아상에 의해 성공과 실패가 좌우된다고 한다. 그는 또 90%의 사람들이 열등감에 시달린다고 말한다. 실패하는 자아상을 가진 사람은 다른 사람들이 자신을 평가절하하기 때문에 무의식적으로 다른 사람을 적으로 인식한다. 그래서 조금 만만하다 싶으면 함부로 대하거나 업신여기고, 조금이라도 자기보다 우월하다고 느끼는 사람에게는 열등의식에 사로잡힌다. 이러한 사람은 늘 대인관계에서 늘 어려움을 겪는다. 다른 사람 앞에 서면 긴장하여 행동이 어색하고 경직된다. 이런 태도 때문에 건방지고 거만하며 차가운 사람이라는 오해를 불러일으키기도 한다. 경직된 표정을 가진 사람의 내부에는 실패하는 자아상이 자리 잡고 있는 것이다. 이런 사람은 자아상을 먼저 바꾸어야 표정을 바꿀 수 있다. 인상은 그 사람의 삶의 자아상을 나타내는 지표이기 때문이다. 인상을 바꾸어야 인생을 바꿀 수 있다.

사람을 피하는 학생과 좋아하는 학생의 차이

상담 아카데미 프로그램 중에 소그룹으로 진행되는 슈퍼비전 임상시간이 있다. 그 시간에 나는 참여자들을 유심히 지켜보는 습관이

아버지가 들려 주는 무대 위 행복

있다. 어떤 학생은 할 수만 있으면 슈퍼바이저로부터 멀리 떨어져 앉으려고 갖은 애를 쓴다. 다른 교수들 시간에도 똑 같은 행동을 한다. 강의가 재미있든 없든, 교수가 어떤 스타일이든 상관없이 무조건 일정한 거리를 두려고 애쓴다. 이 학생처럼 특별한 이유도 없이 거리를 두려고 하는 학생들이 꽤 많다. 심지어 교수가 잘했다고 칭찬을 해 주어도 칭찬을 잘 받지 못하고, 어색해하면서 움츠러든다. 사람과의 모임에도 쉽게 끼어들지 못했다.

그 학생과 다음과 같은 대화가 이어졌다. "요즘 마음이 불편하거나 힘든 일이 있습니까?"그러자 그 학생이 대답했다. "글쎄요, 그런 일은 없습니다.""그런데 왜 그렇게 자꾸 교수들과 거리를 두려 하나요?" "딱히 특별한 이유는 없습니다. 전 그냥 사람이 곁에 있는 것이 이상하게 불편합니다. 제가 누구한테 가까이 가는 것도 그렇고 누군가 가까이와도 불편합니다. 어떨 때는 무섭다는 생각이 들 때도 있습니다.""아! 그렇군요. 특별한 이유도 없는데 그냥 힘들고 두려운 마음까지 드신다는 말씀이군요."

심리학을 공부하면서 그런 마음은 대체로 어린 시절 성장 배경으로 인한 것임을 알게 되었다. 아마 그 학생은 권위 있는 대상에 대한 두려움이 있는 것 같았다. 어린 시절 부모의 엄한 훈육 아래 자란 사람들에게서 종종 나타나는 증상이다. 주로 엄하기만 한 아버지로 인해 생긴 현상인데, 나중에 어른이 되어도 아버지와 비슷한 나이의 사람은 물론 윗사람에 대하여 그런 반응을 보인다. 이런 사람이 아버지가 되면 자기 아버지처럼 자식을 엄하게 대할 가능성이 다분하다. 악순환의 고리가 계속 이어지는 것이다.

대상관계 심리학자인 마가렛 말러는, 유아기에 엄마와의 관계 경험이 매우 중요하다는 것을 강조한다. 그녀는 "성장과정에서 몸과 마음의 근육이 자유스럽게 되면 지각 기억이 발달되어 미래의 자존감까지 생긴다."라고 했다. 마가렛 말러의 대상관계심리학은 정상적 자폐기−공생기−분리개별화의 세 단계를 통해서 이뤄진다. 이 분리개별화로 이어지는 과정에서 양육하는 어머니가 사랑을 충분히 주면, 독립과정에서도 분화가 잘되 건강하고 행복한 정체성으로 통합된다. 유아가 이런 통합된 정체성을 갖게 될 때 나타나는 현상이 '대상항상성[Object Constancy]'이다. 바로 눈앞에 엄마가 보이지 않더라도 엄마가 없는 것이 아니라 잠깐 보이지 않을 뿐이라는 것을 알고 절망하거나 보채지 않는 현상을 말한다.

전술한 학생의 경우는 회피하고 숨는 방법을 사용하고 있지만, 성격이 외향적이고 분노를 내장하고 있는 사람은 그것을 외부로 표출하는 반항적 기질을 보이는 경향이 다분하다. 그런 사람은 다른 사람들과 친밀하게 지내는 법을 모른다. 자기 나름대로 친밀감을 표현하지만, 그 방식이 거칠고 과격해서 가까이 오는 사람들이 상처를 입고 떠나가기 일쑤다. 결국, 어린 시절에 부모와의 관계 경험에서 형성된 자아상은 지속적으로 자신의 삶에 영향을 미치는 것이다.

그 학생과 정 반대의 모습을 보이는 학생들도 있다. 친화력이 아주 뛰어나서 교수들과도 잘 지내는가 하면, 동료 학생들 사이에서도 인기가 좋다. 이런 학생은 기회 있을 때마다 조금이라도 담당 교수와 가까이 하려고 노력한다. 수업시간이 되면 교수들을 위해 음료를 준비하고 심부름까지 도맡아 한다. 발표 시간이 되면 자발적으로 나선다. 이런 유형의 학생은 언제 어디에서나 친화력이 높다. 또 남을 배려할 줄 알고 사랑하고 받을 줄도 안다. 요즘 젊은 친구들 중에는 후자 스타일이 많다. 어른 세대는 전자 스타일이 많다.

사람에게 불편함을 느끼고 회피하는 사람은 새로운 자아상을 가질 필요가 있다. 성경은 믿음을 통해서 얼마든지 그런 삶이 가능하다고 말씀하신다. "그런 즉 누구든지 그리스도 안에 있으면 새로운 피조물이라 이전 것은 지나갔으니 보라 새것이 되었도다(고후 5:7)." 그렇게 새로운 자아상을 갖게 되면 자신을 받아들이는 새로운 눈을 갖게 된다. 자기를 받아들일 수 있는 사람이 다른 사람을 받아들일 수 있다. 그렇게 되면 다른 사람과의 관계에서 생기는 갈등이나 어려움을 틀리다고 정죄하지 않고, 서로 달라서임을 알아 협상을 통해 문제를 풀어갈 수 있다.

배우자의 다른 점을 수용하지 못한다

부부 상담을 해 보면 배우자의 다른 점을 전혀 수용하지 못하는 사람이 의외로 많다. 마가렛 말러의 심리학으로 보자면, 분리-개별화가 안 된 사람의 전형이다. 그래서 자신의 배우자는 자기가 생각하는 방식으로 자기를 사랑해줘야 한다고 믿는다. 그 기대에서 조금만 벗어나면 화를 내거나 도망한다. 분리-개별화가 안 된 사람은 신체적으로만 어른일 뿐, 심리적으로는 영유아 수준에 머물고 있기 때문에 '다른 것'을 '틀린 것'으로 해석한다.

하나님께서 애초 남자와 여자를 다르게 만드셨는데, 그 '다름'을 모르고서야 결혼생활이 행복할 수 있겠는가? 힘들기만 할 뿐이다. 존 그레이는 그의 저서 『화성에서 온 남자 금성에서 온 여자』에서 이렇게 말한다. "차이를 기억하는 것에서 서로 다를 수밖에 없다는 사실을 인식하지 못한다면 남자와 여자는 서로 충돌하게 된다. 서로의 차이를 명확히 인식하고 존중함으로써 우리는 이성을 대할 때의 혼란스러움을 놀라울 만큼 줄일 수 있다. 남자들은 화성에서 오고 여자들은 금성에서 왔다는 것을 염두에 두면 모든 것이 분명해진다."

서로 틀린 것이 아니라 다르다고 인정할 때, 비로소 그 부부는 화목하게 지낼 수 있다.

05

실존적 공허와 무의식적 기대

하나님으로부터 인정과 사랑을 받았던 인간은 범죄 이후 하나님과의 관계가 단절됨으로 인해 그 부분을 채울 수가 없게 되었다. 이것을 심리학자들은 '실존적 공허'라는 말로 설명한다. 부와 명예, 건강 등 가질 수 있는 모든 것을 가져도 인간은 근원적으로 공허감을 느낄 수밖에 없는데, 그 이유가 바로 실존적 공허 때문이다. 사람이 실존적 공허, 영적인 배고픔을 해결하기 위해서는 믿음이 필요하다. 인간은 스스로가 공허감을 채우는 주체가 되겠다면서, 물질, 관계, 명예, 쾌락, 중독, 자식의 노예를 비롯한 이 세상 모든 가치관의 노예가 되어 더 고달프게 살고 있다. 이런 행위는 갈증 난다고 바닷물을 퍼 마시는 행위와 똑같다.

재물을 많이 가진 사람이 망하게 되는 이유는 부의 본래 목적을 모르고, 그 가진 능력을 사용하여 수혜자가 된 것을 잊어버리기 때문이다. 성공의 최종 목적은 베풀고 나누는 것에 있다. 그런데 그것을 망각하고 도리어 움켜쥐려고만 하거나 자신의 힘을 과시하는 용도로 쓴다면 천박한 부자가 될 뿐이다. 물질을 주신 것을 잘 누리고, 가치 있게 쓰는 선한 영향력이 나누는 것이 진정한 부자이다.

성공하라. 부자로 살라. 풍요롭게 살라. 단, 그 궁극적인 목적이 나눔에 있음을 절대로 잊지 말라. 베풀고 나누는 것은 부를 유지하는 가장 지혜로운 방법이다. 성경에 부자가 되는 법을 친절하게 소개하고 있다. 그 비법은 주는 것이요, 베푸는 것이다.

"주라. 그리하면 너희에게 줄 것이니 곧 후히 되어 누르고 흔들어 넘치도록 하여 너희에게 안겨 주리라. 너희가 헤아리는 그 헤아림으로 너희도 헤아림을 도로 받을 것이니라(눅 6:38)."

결혼에 대한 환상

행복의 조건이 외부에 있다고 생각하는 사람들은 결혼을 기점으로 자신의 인생이 바뀌기를 꿈꾼다. 이것을 결혼에 대한 무의식적 기대 또는 결혼에 대한 환상이라고 한다. 이를 테면, 결혼하면 불행은 끝나고 행복이 시작된다거나, 결혼하면 배우자가 나의 부족한 부분을 언제나 완벽하게 채워 줄 것이라는 믿음이다. 상대방에게 기대를 거는 순간 둘의 관계는 대등한 위치가 아니라 종속관계가 되고

아버지가 들려 주는 무대 위 행복

만다. 남편이 아내에 대한 무의식적 기대를 갖고 있으면, 아내는 자기가 원하는 생각과 느낌을 가져야 하고, 자기가 요구 하는 대로만 말하고 행동해야 한다. 반대도 마찬가지다.

그래서 많은 부부들이 서로의 다름을 인정하고 존중하기보다 다름을 틀린 것으로 착각하여 피차 비난하고 공격하기에 바쁘다. 또 배우자는 언제나 내가 필요로 할 때만 존재해야 한다고 생각한다. 이것은 사랑이 아니라 집착이요 소유다.

우리는 알게 모르게 대중문화가 심어놓은 행복의 가치관에 물들어 있다. 호주 같은 나라에서는 초등학교에서 미디어 교육을 하지만, 한국에서는 그런 교육을 하지 않는다. 그래서 어릴 적부터 완전 무방비 상태로 미디어가 말하는 내용들을 신봉한다. 자신의 생각은 없고 미디어에서 말하는 가치관을 그냥 무분별하게 받아들이면서 그것을 자기 생각이라고 착각하고 산다. 시청률로 먹고 사는 대중 미디어는 선정적이고 자극적인 내용을 주로 다룬다. 요즘 TV의 대세가 예능 프로그램이다. 수준 높은 교양 프로그램이나 생각을 해야 하는 프로그램은 시청률이 안 나온다. 그래서 방송국마다 예능이란 이름 하에, 아무런 생각 없이 그냥 보면서 웃다가 끝나고 나면 까마 득하게 잊어버리는, 말 그대로 '시간 죽이기[killing tine]' 용 프로그램을 양산한다. 킬링타임 용 프로그램이 만든 가치관은 허구요 환상이다. 결혼은 현실이다. 빨리 환상에서 벗어나야 한다.

자존감 부족이 아니라 자기효능감 부족

한때는 모든 심리 문제는 자존감의 결핍이라고 여겼었다. 그 때문에 자존감의 회복이 모든 심리치료의 모토가 되었다. 그러나 1900년대 이전에는 몰라도 2020년인 지금, 그 이론은 더 이상 유효하지 않다.

1990년 이후에 태어난 세대는 좋은 부모를 통해 기본적인 돌봄과 양육이 충분히 제공되었기에 자존감은 충분히 형성되어 있다. 그들에게 자존감은 더 이상 삶의 마스터키가 아니다. 자존감이 세상을 살아가는데 있어 가장 기본적인 마음 바탕이라면, 그 다음 단계는 세상을 살아가는데 필요한 능력이다. 그것이 '무대 위의 행복감' 인 자기효능감이다.

사람은 유용하고 쓸모 있고 탁월한 존재일 때 행복하다. 무대 위에 선 사람이 탁월한 능력으로 관객의 찬사를 받을 때 행복한 것처럼, 세상이라는 큰 무대에 올라 선 사람은 거기서 탁월해야 행복하다는 뜻이다.

자기 효능감(自己效能感)이란 캐나다의 심리학자 앨버트 반두라의 이론으로, 특정한 상황에서 자신이 적절한 행동을 함으로써 문제를 해결할 수 있다고 믿는 신념 또는 기대감을 지칭한다. 인간을 자동차로 비유했을 때 자존감이 엔진에 해당한다면, 자기효능감은 기어와 바퀴 및 제반 장치에 해당된다. 자동차에 엔진이 가장 기본이듯 인간에게는 자존감이 가장 기본이다. 그러나 엔진만 있다고 해서 자동차가 움직이는 것은 아니다. 자동차가 자동차로서의 제 기능을 발휘하려면 엔진 이외의 다른 장치들이 다 작동되어야 한다. 그런 의미에서 자존감이 전시장의 자동차라면, 자기효능감은 도로를 질주하는 자동차라고 보면 된다.

왜 〈당신은 사랑받기 위해 태어난 사람〉이란 CCM에 열광할까?

〈당신은 사랑받기 위해 태어난 사람〉이라는 CCM은 세대를 막론하고, 종교까지 초월하여 누구에게나 사랑받고 있다. 특정 종교를 드러내는 용어나 음악을 일체 사용하지 않는 것이 불문율인 공공방송에서도 공공연하게 배경 음악으로 이 노래를 사용하고 있다. 그 이유는 무엇보다 "당신은 사랑받기 위해 태어난 사람"이라는 가사가 가진 강력한 마법 때문일 것이다. 심지어 어느 스님이 입양한 아이의 생일 축하파티 장면에서 이 노래를 부르는 모습이 TV프로그램으로 방영 된 적도 있었다. 그 장면을 보면서 다들 흐뭇한 표정을 짓고 감동할 뿐 이상하다고 느끼거나 분개하는 사람은 아무도 없었다.

얼마나 많은 사람들이 사랑에 굶주렸으면 "당신은 사랑받기 위해 태어난 사람"이라는 말에 그토록 열광할까? 자존감이 제대로 형성되지 않은 사람들이 얼마나 많기에 수많은 사람들의 마음을 치료하는 노래가 되었을까? 그런데 "당신은 사랑받기 위해 태어난 사람"이라는 표현은 반쪽짜리 표현이다. 왜냐하면 "당신은 사랑 주기 위해 태어난 사람"이 있어야 균형이 맞는다. "사랑받기 위해 태어난 사람"이 자존감을 지칭하는 말이라면 "사랑 주기 위해 태어난 사람"은 자기효능감 즉 무대 위의 행복을 위한 가사다. 사람은 사랑받을 때 당연히 행복하다. 그런데 사랑을 받을 때보다 사랑을 줄 때 훨씬 더 큰 행복을 느낀다. 사랑을 주려면 능력이 많고 여유가 있으며 모든 것을 포용할 줄 알아야 한다. 마치 하나님이 선인과 악인을 따로 구별하지 않고 공평하게 햇빛과 비와 공기를 주시는 것처럼 말이다.

교류분석 심리학[T.A]에서는 이것을 '에누리(discount)' 라고 한다. 심리적으로도 빈익빈 부익부 현상이 고스란히 존재한다는 뜻이다. 그래서 사람은 기본 사랑을 받고 베풀 수 있는 자존감을 형성할 수 있도록 어린 시절에 긍정적 자아상을 형성해야 한다. 먼저 사랑을 받은 사람이라야 나중에 사랑을 베푸는 주체가 되고, 베풀수록 더 풍성해지는 역설의 삶을 추구할 수 있다.

어린 시절에 사랑받지 못한 사람은 성장 후에라도 다른 사람이 주는 사랑을 받는 법을 따로 배워서 사랑받는 체질로 변화시킬 필요가 있다. 혼자 고립되어 있지 말고 관계 속으로 나가야 한다. 불행체질로 살아온 삶을 행복체질로 완전히 바꾸는 것이 필요하다. 인생의 환골탈태가 필요하다. 사랑도 베풀어 봐야 할 수 있다. 봉사활동도 해 보고, 단체에 기부도 해 보고, 재능기부도 해 봐야 한다. 그리고

아버지가 들려 주는 무대 위 행복

고아원 등에 가서 자기를 있는 그대로 맞아주고 좋아해주는 느낌이 무엇인지 경험해 볼 필요가 있다.

Point

성공하라. 부자로 살라. 풍요롭게 살라. 단, 그 궁극적인 목적이 나눔에 있음을 절대로 잊지 말라. 베풀고 나누는 것은 부를 유지하는 가장 지혜로운 방법이다. 성경에는 부자가 되는 법을 친절하게 소개하고 있다. 그 비법은 주는 것이요, 베푸는 것이다.

열등감을 가진 사람은
자신이 누구인지 모르는 것이다.
자아상이 건강하지 못하면
남의 옷을 입고 사는 것과 같다

PART

02

자아상의 산실, 가정

"부모들이여 자녀들이 잘되기를 바라십니까? 그렇다면 부부끼리 화목하게 지내
십시오. 부부가 서로 사랑하고 존경하면 자녀들은 저절로 잘될 것입니다."

01

자아상은 생애 초기에 결정된다

자아상의 출발은 양육자와의 경험이다

자아상의 형성은 영유아기 때 주 양육자와의 관계에서 결정된다. 갓난아기가 자기를 돌봐주는 초기 양육자와의 관계가 어떠했는가에 따라 자아상이 형성된다는 이론이 대상관계이론이다. 이 때 주양육자인 엄마는 아기에게 거울이 된다. 아기는 자기를 돌보는 엄마를 통해서 자기를 인식하게 되는데, 적절하고 따뜻한 돌봄이 제공되면 건강한 자아상을, 부적절하고 차가운 자극이 제공되면 부정적인 자아상을 형성하게 된다. 왜냐하면 부모는 가장 처음 만나는 '아주 중요한 타자[very significant others]'이기 때문이다.

부모가 자녀들을 귀하게 여기고 사랑할 때, 자녀들은 당연히 긍정적 자아상을 바탕으로 하는 높은 자존감을 갖게 된다. '사랑 받고 있다.' '사랑받을 만한 가치가 있다.' 라는 느낌은 말없이도 전달되기 때문이다. 반대로 저주와 욕설, 불평, 큰 목소리 등 거친 언어를 사용하고, 거칠게 다루거나 때리는 폭력은 상처로 남는다.

특히 7살 이전의 영유아에게 부부의 불화는 자녀로 하여금 낮은 자존감을 갖게 하는 요인이 된다. 이 시기의 자녀는 잘못에 대한 개념 자체가 없기 때문에 '죄의식[guilty]'을 제대로 형성하지 못한다. 죄의식(죄책감)은 건강한 감정이다. 잘못을 했을 때는 이 감정을 느껴야 된다. 그런데 부모의 불화는 건강한 죄책감을 형성해야할 자리에 '수치심[shame]'을 남기게 된다. 그렇게 형성된 수치심은 '내 존재 자체가 잘못[something wrong]' 이라는 느낌을 갖게 만든다. 자녀가 7세 이전일 때 부부불화가 치명적인 결과를 낳는 이유를 알아보자. 부부가 고성을 지르며 치고받고 싸우면 7살 이전의 아기는 부모님이 자기 문제로 싸운다고 생각한다. '나(아기)는 돌봄을 받을 입장이고 부모는 나를 돌봐줄 대상이다. 나를 돌봐주는 그 분들이 언성을 높이고 싸우고 있다면, 그것은 틀림없이 나로 인해서 촉발된 문제 때문일 것이다.' 아기는 이렇게 반사적 매커니즘으로 작동한다.

7세 이후에도 마찬가지다. 부부가 자주 싸우는 모습을 보여주면, 아이는 그 또한 자기로 인해 생긴 문제라고 여긴다. 그래서 누가 자기에게 관심을 주고 사랑을 주어도 "나 같은 놈을 누가 좋아 하겠어….." 라고 여기거나 "부모도 나를 사랑하지 않았는데, 누가 나를 사랑하겠어?"라고 단정 짓는다. 그렇게 되면 사랑을 받지도 못하고 사랑을 주지 못하는 존재가 되고 마는데, 이럴 때 나타나는 현상이 '고립[isolation]'이란 방어기제다. 자신만의 성을 쌓고 거기에 누구도 못 들어오게 하며, 본인도 그 성에서 절대로 나오지 않는다.

자아상은 배우자 선택에도 영향을 미친다

부정적 자아상을 가진 사람은 배우자를 선택할 때도 건강하고 인격적이고 온전한 관계에서 선택을 하지 못하고, 병리적인 관계에 묶여버리는 경우가 많다. 자기 스스로를 비하하기 때문에 아주 형편없는 사람, 상처받은 사람, 강압적인 사람, 일방적인 사람, 폭언과 폭력을 쓰는 사람, 각종 중독에 노출된 사람, 무능하고 무책임한 사람을 만나 도피하듯 결혼할 위험이 다분하다. 그렇게 결혼을 하면 그 가정도 역기능 가정이 되고, 그들에게서 태어나 양육되는 자녀들은 또한 낮은 자존감의 소유자로 성장하게 된다. 악순환의 고리가 계속 이어지는 구조다.

대상관계심리학자인 멜라니 클라인(Melanie Klein)은 유아들은 처음부터 대상[Object]을 추구하는 존재라고 주장하면서, '분리'라는 방어기제를 통하여 자신들을 돌보아주는 어머니에 대해 좋은 대상 혹은 나쁜 대상으로 지각하는 상호작용을 한다고 하였다. 그녀의 이론에서 가장 중요한 개념이 투사적 동일시[投射的同一視-p rojective identification]인데, 이것은 개인이 받아들일 수 없는 자신의 부분을 다른 사람에게 투사하면 상대방이 무의식적으로 그것을 받아들이는 내사적 동일시 과정을 통해서 그 투사한 부분이 자신의 일부분인 것처럼 느낀다는 이론이다. 쉽게 말하면 아이는 엄마라는 거울을 통해서 자신을 본다는 뜻이다.

부모의 양육태도는 아이의 유전자에도 영향을 미친다

부모의 양육태도가 어떻게 아이에게 영향을 미치는지에 대한 연구는 다양하다. 미국 위스콘신 대학 마릴린 에섹스 교수팀은 스트레스를 받은 부모의 반응이 아이에게 특정한 영향을 미치고 있음을 밝혀냈다. 이 연구는 후생유전에 초점을 두고 있다. 후생유전이란 DNA서열은 달라지지 않지만, 유전자의 표현 형식이 환경의 영향을 받아 다르게 나타나는 것을 의미한다. 이 유전의 핵심을 메틸화[methylation]라고 하는데, 이는 화학물질이 DNA 일부에 달라붙어 유전자가 사회적, 신체적으로 발현되는 것을 제어하게 된다.

연구내용을 요약하자면, 15세 아이들 100명을 대상으로 볼 안쪽 세포의 DNA 샘플을 얻어 메틸화 패턴을 측정한 후, 그들의 부모를 대상으로 1990~1991년 동안 가정 내에서의 분노 표출, 양육 스트레스, 우울증, 경제적 곤란 등 스트레스 정도에 대해 질의응답 자료와 비교하였다. 그 결과 어릴 때 엄마의 스트레스에 노출되었던 자녀들은 10대가 되었을 때 메틸화 수치가 높았다. 아버지들 역시 자녀에게 많은 영향을 주었다. 어머니의 스트레스는 아들 딸 모두에게 영향을 주었으며, 아버지의 스트레스는 주로 딸에게 더욱 강한 영향을 주는 것으로 나타났다.

마릴린 에섹스 교수에 따르면, 어릴 적 매일 경험하는 스트레스는 DNA 표현 형식을 바꾸게 되며, 그것이 청소년 시기의 성격에 큰 영향을 준다는 사실을 뒷받침하고 있다면서 취학 전까지 아이들의 가정환경이 얼마나 중요한 영향력을 갖는가를 보여준다고 하였다. 이 연구결과는 『Child Development』지에 게재되었고, 과학뉴스 〈사이트 라이브 사이언스〉 등에 보도되었다.

이 연구를 통해 우리는 부모다움을 갖추는 것이란 얼마나 어려운 일인가를 다시 한 번 생각하게 한다. 결혼을 하면 번식의 본능에 따라 아이를 낳는 것은 자연스러운 일이다. 하지만 부모가 제 몸 하나 추스르기도 어려울 정도의 스트레스에 노출되어 있다면, 그에 대한 해소 창구로 취약한 아이를 선택할 위험이 다분하다. 그럴 경우 아이는 심각한 상처를 입게 된다.

자신은 부모로서 자식을 위해 큰 희생을 하고 있다고 말하면서 아무렇지도 않게 "너만 아니면 내 인생이 이렇지 않아."라고 비난하는 부모들을 종종 본다. 아이의 자존감을 깡그리 무시하는 처사다. 이런 부모들일수록 아이를 함부로 대하고 아이의 자존감을 깎아내리는 언행을 서슴치 않는다. 그러면서도 아이들에게 똑바로 처신하라고 윽박지른다. 그런 부모들에게는 이렇게 말해 주고 싶다. "당신이나 먼저 잘하세요."

부모는 먼저 아이들에게 좋은 모델이 될 필요가 있다. 아이들은 부모가 말한 대로 성장하는 게 아니라 보고 들은 대로 성장한다. 아이들에게 존경받고 싶다면, 존경받을만한 태도를 보여야 한다. 아이들이 공부를 잘하게 하고 싶다면, 부모가 먼저 공부하는 자세를 보여주어야 한다. 아이가 행복감을 느끼게 하고 싶다면, 부모가 먼저 행복해야 한다. 그래서 부모 역할이 힘겹다. 마릴린 에섹스의 연구에서 스트레스가 쌓인 부모가 자주, 지속적으로 자녀에게 짜증을 내면, 어느 순간 자녀의 유전자에까지 영향을 미친다고 하였다. 뼛속까지 부정적 자아상을 새겨 놓는 셈이 된다. 그러니 부모가 먼저 행복해져야 한다. 그런 부모여야 자식들에게 이렇게 당당하게 말할 수 있다. "너도 나처럼 살려무나."

자녀를 부모의 아바타로 삼는 위험

부모는 종종 자녀를 통해 그들의 충족되지 못한 꿈을 이루려고 한다. 그래서 자녀들에게 과다한 요구를 한다. 아이가 실패하면 지나치게 정죄한다. 부모 자신의 실패를 투사하기 때문이다. 이러한 정죄는 자녀들 속에 부적절감과 무가치감을 만들어낸다.

자녀를 통제하는 가장 강력한 힘은 사랑이다. 부모는 자녀들이 어릴 때는 무조건적으로 사랑해야 한다. 아이들이 괴롭히거나 화를 내도 계속 사랑해야 한다. 하지만 자녀를 아바타로 삼은 부모는 자녀들에게 실망할 때마다 사랑을 거두고 그들을 처벌하기 시작한다. 부모의 사랑은 점차 조건적인 것이 되어간다. 사랑을 거둘 때 부모는 자녀를 거절할 뿐만 아니라, 바보 천치 같은 말의 꼬리표를 사용한다. 아이들은 이러한 부모의 꼬리표와 그 속에 내포되어 있는 거절의 개념을 서서히 내면화하기 시작하면서 스스로에게 '착하다', '못됐다'는 꼬리표를 붙이기 시작한다. 그 영향은 파괴력이 엄청나서 특히 초기 아동기에는 자기혐오와 부정적 자아상을 만들어낸다.

긍정적 자아상을 가진 부모가 무조건적인 사랑과 수용을 일관성 있게 베푸는 분위기를 만든다는 사실을 보여주는 연구 결과가 상당히 많다. 부모가 긍정적 자아상의 소유자일 때, 자녀들 또한 긍정적 자아상을 바탕으로 건강한 자존감이 발달된다. 낮은 자존감을 가진 부모들이 아무리 교회 활동을 위시한 영적 활동을 많이 해도, 자녀들은 그 이면에 있는 부모의 낮은 자아상을 볼 수밖에 없게 되며, 그들 역시 부정적 자아상을 바탕으로 하는 낮은 자존감의 소유자가 된다.

부모들은 자기도 모르게 자녀에게 자신이 못다 이룬 꿈을 강요하곤 한다. 즉 자녀를 온전한 독립된 인격체로 보기보다 자신의 아바타로 생각하는 것이다. 이런 부모들은 다른 부모들에 비해 특정한 사회적 가치를 매우 높이 숭상하여, 자녀들의 내면에 자기거절과 자기처벌의 시스템을 형성하게 한다.

예를 들어, 우리 사회는 신체적인 외모를 숭상한다. 텔레비전과 영화를 통해 우리는 특정 유형의 체격과 얼굴 모습을 기준으로 숭배하고 제시하면서, 그런 유형을 아름답거나 잘생긴 것으로 단정한다. 이는 매우 잘못된 것이다. 하지만 일부 부모들 또한 나름대로 자녀들에 대한 기준을 세우고, 이러한 기준에 미치지 못하면 절대로 성공하지 못할 것이라는 신념을 자녀들에게 심어준다. 또한 대대로 전수시키기까지 한다.

내면이 아름다움은 수용이다

내가 상담한 거의 모든 청소년들이 신체적인 외모와 관련된 자기거절 문제를 지니고 있었다. 외모는 그들의 자존감에 늘 영향을 미치는 주된 요인이다. 아기였을 때 그들은 추앙을 받고 사랑을 받았다. 어렸을 때는 예쁘다는 말을 수없이 들었다. 그런데 그들이 현실을 직면하는 때가 온 것이다. 모든 아이들은 결국 자신들이 너무 뚱뚱하거나 말랐거나 아니면 너무 키가 크거나 너무 작다는 것을 깨달아야만 한다. 자신에게 불완전한 부분이 많으며 대중 매체에서 그리고 있는 이상형과는 거리가 멀다는 사실을 갑자기 혹은 점차로 깨달

아버지가 들려 주는 무대 위 행복

게 된다. 그럴 때 대부분은 쓰라린 실망감을 느끼게 된다.

가장 슬픈 측면은 이러한 가치 기준이 절대적으로 문화에 따라 좌우된다는 점이다. 어떤 문화에서 거부되는 체격과 얼굴 특징이 다른 문화에서는 높이 추앙된다. 그것은 모두 유전학적인 문제일 뿐 자기 의지나 노력과는 전혀 상관이 없다. 주어진 자신의 체형을 숭상하는 사회에서 태어나면 재수 좋게 누리게 되는 행운이다. 그럼에도 부모인 우리는 이러한 가치체계를 쉽사리 채택하는 경솔의 우를 범한다. 우리가 붙들고 있는 가치관이 자녀들에게 어떤 정서적 해악을 끼칠 수 있는지 거의 생각도 못한 채 말이다. 우리는 외모 하나면 다 된다는 메시지를 교묘한 방법으로 주입한다. 그러나 신중하게 생각하고 자신의 생각을 조정하면 이러한 메시지를 바꿀 수 있다. 아름다움은 내면에 있는 것이지 결코 외모에 있는 것이 아니다.

신체적인 결함을 절대로 고치지 말아야 한다고 주장하는 것이 아니다. 성형수술, 치아교정, 체형조절이 우리의 자신감에 놀라운 도움을 주는 경우도 있다. 그러나 어디까지 그 한계를 두어야 할 것인가? 성형수술로도 고칠 수 없는 불완전함은 여전히 있다. 그럴 때 우리가 할 수 있는 유일한 한 가지가 있다. 자신을 수용하는 자유다. 그대로의 자신에 자족하는 것이다.

사회는 외모만 추앙하는 것이 아니라 행위도 숭상한다. 외모가 부적절하다고 느끼는 사람들은 특별한 시도로 지적인 성취나 성공을 이루어 내기 위한 노력을 할 수 있다. 전 과목 A학점을 받으면 외모의 결함이 상쇄된다. 스포츠에 탁월한 두각을 나타내면 외모야 어쨌든 여자들이 좋아하게 된다. 어릴 때부터 자녀들에게 이런 식으로 보상하도록 밀어붙인다. 잘 해라. 잘 해라.

물론 외모도 출중하고 능력도 있다면 더할 나위 없다. 그러나 우리는 유전자를 마음대로 선택할 수 없다. 외모와 능력이 다소 부족하다고 느끼기 시작하면, 결국 자신에 대한 혐오감과 함께 누구에게도 아무런 가치 없는 존재라고 믿게 된다. 그런 사람은 어떻게 해야 하는가?

Point

자아상의 형성은 영유아기 때 주 양육자와의 관계에서 결정된다. 갓난아기가 자기를 돌봐주는 초기 양육자와의 관계가 어떠했는가에 따라 자아상이 형성된다는 이론이 대상관계이론이다.

02

화목한 가정은 자아상의 산실이다

가정은 기본 욕구의 충족 장소다

미국의 심리학자이며 인본주의 심리학의 거장인 매슬로우(Maslow)는 1943년 발표한 논문 〈인간 동기의 이론〉에서 욕구단계설을 제시하였다. 그는 임상 실험을 통해 대다수의 사람들이 가지고 있는 주요한 욕구가 5단계로 발전한다고 제시하였다. 1)생리적 욕구 2)안전의 욕구 3)애정과 소속의 욕구 4)존중의 욕구 5)자아실현의 욕구이다. 이 중 1)~4)까지를 결핍 욕구(Deficiency-needs), 5)자아실현의 욕구를 존재 욕구[Being-needs]로 구분한다. 즉 사람은 밥만으로 살 수 있는 존재가 아니라는 것인데, 이미 성경은 신명기 8장 3절을 통해 "사람이 떡으로만 살 것이 아니요 하나님의 입에서 나오는 말씀으로 사는 줄을 깨닫게 하려 하심이라."라고 하시어 이를 예언했다.

매슬로 욕구이론

　1차 욕구는 단연코 가장 근본적인 생리적 욕구 또는 생존의 욕구
다. 인간은 의식주에 대한 기본적인 생리적 욕구가 채워져야 다음단
계로 계속 이어간다. 먹고 사는 문제가 해결되어야 안전의 욕구나
상호 관계의 욕구인 애정과 공감의 욕구가 발동되는 것이다. 밥도
중요하지만 사람과 사람이 상호 교류하는 경험도 꼭 필요하다. 그
다음이 존경의 욕구 즉 인정의 욕구다. 마지막 단계는 자아실현의

　　　　　　　　　　　　　　　　　아버지가 들려 주는 무대 위 행복

욕구인데, 인간의 삶은 의미가 있어야 비로소 완성된다. 아무리 외적으로 풍요로운 삶, 윤택한 삶의 주인공이라 할지라도 인생에서 의미가 없다면 그저 공허할 뿐 완벽한 삶이 될 수 없다. 인간은 근원적으로 영적 동물이기 때문에 영적 욕구가 충족되어야 진정한 행복과 만족을 누릴 수 있다.

건강한 자아상은 삶의 기본 바탕이다

심리학자들이나 교육학자들은 사람이 기본적인 삶을 영위하기 위해서는 건강한 자아상이 바탕이 되어야 한다고 강조한다. 그 자아상의 형성에 가장 중요한 것은 자신의 효용가치에 대한 인식이다. 사람은 타인에게 중요한 존재라는 인식이 들 때 행복하다. 그 느낌을 받기 위해서는 조건 없는 사랑과 능력에 대한 인정이 필요하다. 인정과 사랑이라는 두 개의 축이 필요한데, 일반적으로 남자는 인정받음을 통해서 사랑을 느끼고, 여자는 사랑을 통해서 인정받음을 느낀다. 인정은 곧 능력과도 직결된다. 특히 남자에게 능력은 자존감과 직결되는 중요한 요소다.

인류의 첫 조상 아담과 하와는 하나님에 의해 인정과 사랑을 충분히 경험하였다. 에덴동산의 첫 사람 아담과 하와는 가장 완전한 상태로 창조되었다. 남자로서 완전했고 여자로서 완전했다. 인정과 사랑을 동시에 받고 낙원인 에덴동산의 전부를 다 주신 것은 하나님의 사랑이었고, 아담으로 하여금 동물들의 이름을 붙이게 하신 것은 아담의 능력에 대한 인정이었다. 아담이 동물들의 이름을 붙일 때 하나님은 그 어떤 간섭도 하지 않으셨다. 그것은 아담의 능력에 대한 전적인 인정이었다. 그러나 아담은 그렇게 충분히 유능하고 충분히 사랑받은 존재였음에도 불구하고 탐욕의 노예가 되어 결국 죄의 유혹에 빠지고 말았다. 선악을 알게 하는 나무의 과실을 먹기만 하면 하나님과 동격이 될 것이라고 믿었다. 그 죄의 결과는 하나님과의 분리였다. 인정과 사랑의 주체로부터 분리됨으로써 아담의 후예인 인간은 평생 인정과 사랑을 갈구하는 존재로 살게 되었다. 사람은 기본이 흔들리면 내 속에 다중적 인격이 가시가 되어 스스로를 찌르고 유혹에 쉽게 넘어가게 된다.

열등감을 가진 사람은 자신이 누구인지 모르는 것이다. 자아상이 건강하지 못하면 남의 옷을 입고 사는 것과 같다. 그러나 건강한 자아상은 내 안의 나를 존중하고 소통하며 확실한 정체성을 갖게 한다.

대부분의 인간은 평생 인정과 사랑을 추구하는데, 이것이 과하면 눈에 보이는 돈이나 명예 같은 물질의 노예가 되고 만다. 아니면 돈이나 자식, 권력에 집착하는 존재로 살다가 죽는다. 단절로 생긴 공허한 자리는 건강한 자아상을 세워야 채울 수 있다.

조나단 에드워드의 후손들

행복한 가정, 경건한 가정은 자아상 형성에 필수 조건이다. 미국의 영적 부흥기를 이끈 조나단 에드워드의 후손들을 보면 그것을 익히 확인할 수 있다. 조나단 에드워드는 18세기 말에 결혼했다. 평범한 삶이었지만 부부가 화목하였으며, 믿음으로 온유하게 자녀를 양육했다. 여기서 부모가 온유하다는 개념은 자녀를 훈육함에 있어 감정을 조절하는 자기통제력이 잘 발달되었다는 것을 말한다.

200여년이 지난 시점에 조나단 에드워드의 후손을 조사한 통계에 따르면, 부통령 1명, 주지사 3명, 대학 총장 13명, 변호사 149명, 판검사 48명, 목사 116명, 장차관 82명, 사업가 75명, 발명가 25명, 의사 48명, 교수 66명이 배출된 것으로 나타났다. 다들 국가와 사회에 선한 영향력을 행사하는 엘리트들이었다. 그렇다고 하여 이 가문의 사람들이 지능지수가 특별했던 것은 아니다. 그의 후손들이 뛰어난 능력을 발휘할 수 있었던 이유는 지극히 평범했다. 부부간에는 사랑으로 결속되어 있었고, 가족들이 화목했으며, 자녀를 온유하게 길렀기 때문이었다. 조다단 에드워드의 후손들을 조사했던 전문가들은 이렇게 말했다.

"부모들이여 자녀들이 잘되기를 바라십니까? 그렇다면 부부끼리 화목하게 지내십시오. 부부가 서로 사랑하고 존경하면 자녀들은 저절로 잘될 것입니다."

8살 이전의 자존감이 평생 행복을 결정한다

심리상담가인 토니 험프리스는 "8살 이전의 자존감이 평생 행복을 결정한다."라고 말하며, 가정이 자아상을 만들어내는 산실이라고 강조한다. 자존감은 중요한 타인들의 영향, 기질과 성격적인 영향, 사회 환경적 영향에 의해 만들어지는데 부모가 어떻게 아이를 대하고 키우느냐에 따라 자존감이 결정된다는 것이다.

토니 험프리스는 "자존감은 스스로를 사랑하고 자신의 힘을 믿는 마음이다."라고 했다. 여기에는 두 가지 중심축이 있다. 자신이 '사랑받을 만한 사람이라는 느낌'과 '능력 있는 사람이라는 느낌'이다. 아이들이 이런 느낌을 받을 수 있도록 부모들은 신체적 자아에 대하여 "네 몸은 항상 옳다."라고 말해주어야 한다. 정서적 자아에 대하여 "넌 아무 조건 없이 사랑받는 가족의 소중한 일원이다."라고 말해주어라. 지적 자아에 대하여는 "네게는 세상을 온전히 이해할 수 있는 무한한 능력이 있다."라고 말해 주어라. 행동적 자아에 대하여는 "노력이 곧 재능이며 네 존재만으로도 기쁨이다."라고 말해주고, 사회적 자아에 대하여는 "넌 유일하고 특별한 존재다."라고 말해 주어라. 창조적 자아에게는 "너만의 고유한 방식으로 자랄 권리가 있다."라고 말해주어라. 말씀과 믿음의 관점, 믿음의 느낌, 믿음의 행위에 근거를 두어야 진정한 자존감이라 할 수 있다.

부모가 자식들에게 물려주는 재산은 무엇일까? 경제적 재산, 건강

이라는 신체적 재산, 지식과 인격, 양심과 기술과 같은 정신적 재산
이다. 하지만 그 중에 가장 중요한 재산은 정신적 재산이다. 돈은 건
강이 없으면 아무 소용없고, 건강은 정신이 온전하지 못할 때 아무
소용이 없다. 정신이 건강하기 위해선 건강한 자아상이 필수다.

이에 『마음 탐구』의 저자 게리 콜린스(Gary R. Collins)는 가족치료
의 영역 가운데 80%가 '자존감의 치유' 영역이며, 성에 대한 임상치
유에 있어서도 약 10%만이 신체적, 육체적 문제의 영역일 뿐, 거의
90%가 자존감과 의사소통의 문제이기에 자아상은 정신건강의 가장
핵심적인 문제라고 말한다.

자아상은 결혼관계에까지 영향을 미친다

어느 내담자의 상담 요청 편지다.

"저는 40대 초반 가정주부입니다. 가정 형편이 어려워 중학교를 중퇴
하고 가정부 일 등을 하면서 홀어머니를 도왔습니다. 18세 때 유부남이
었던 남편을 만나 동거했고, 얼마 후부터 구타를 일삼고 대화가 불가능하
여 몇 번을 도망쳐 나오곤 했습니다. 그러나 이미 두 아이가 있어 하는 수
없이 다시 들어가 살았고, 시집살이가 너무나 힘들어 아이들과 동반 자살
을 시도한 적도 있습니다. 시간이 지나면서 가정이 어느 정도 안정되는가
싶었는데, 남편의 외도로 이혼하게 되었습니다. 2년 후 남편의 간청도 있
었지만 무엇보다 아이들 때문에 다시 합치게 되었습니다. 그런데 요즘 들

어, 아들의 성격과 행동에 문제가 심해지는 등 여러 가지 어려움 때문에 불안하여 자꾸만 절망적인 생각에 휩싸이곤 합니다. 또한 사람들과의 관계에서는 피해의식이 많이 느껴지고, 쉽게 믿지 못하며, 실제의 못난 내 모습을 알면 다른 사람들이 실망할 것에 대해 두려워합니다. 이런 것을 마음의 병이라고 하던데, 믿음이 부족해서일까요? 인내심이 부족해서일까요? 그런 고민을 하면서 죄책감을 느낍니다."

이 내담자의 문제는 무엇일까? 낮은 자존감, 병든 자아상이다. 어린 시절 부모님이나 다른 중요한 사람들로부터 충분한 사랑이나 인정을 받지 못했기 때문에 자기 스스로를 존중하는 마음이 부족하다. 낮은 자존감은 이렇게 자신의 존재가치를 비하하게 한다. 그 결과 매사에 자신감이 없고, 세상에 대해서도 부정적인 태도를 가지게 된다. 다른 사람과의 관계에서도 열등의식, 피해의식, 비교의식에 사로잡히게 되어 건강한 관계를 맺지 못하며 의존적 관계에 놓인다. 18세에 남자를 만났다는 것은 누구에겐가 의존하고 싶은 충동에 의한 행동으로 볼 수 있다. 그래서 상대의 감정 상태에 따라 자기감정도 좌우된다. 조금만 좋으면 금방 감정 상태가 고조되었다가, 조금만 안 좋으면 완전히 바닥으로 떨어진다. 이것이 반복되면 양극성 성격장애(조울증)가 된다. 부모의 정신건강이 좋지 않으면, 자녀들 역시 부정적 자아상을 형성하게 된다. 역기능 가정의 구조가 반복되는 악순환의 고리로 몰아넣는 것이다.

사랑의 끈으로 연결된 가족

중국의 문화혁명 때 여러 해 동안 감옥에 갇혀있다 풀려난 어떤 중국인 이야기다.

그는 자기 사무실에서 근무 중 갑자기 들이닥친 공안에 의해 체포되었다. 당시 그의 아들은 겨우 일곱 살이었다. 그는 여러 해 동안을 감옥에서 지내야 했다. 수많은 고통이 있었지만 그는 삶의 의욕을 잃지 않았다. 눈이 오나 비가 오나 하루도 거르지 않고 새벽이면 어김없이 하늘에 붉은 연이 날고 있었다. 그는 감옥의 창을 통해 그것을 볼 수 있었다. 그것은 신호였다. 예전에 어린 아들과 함께 연을 날릴 때면 언제나 연 끈을 꽉 쥐고 놓치지 말라고 단단히 일렀다. 아들은 그것을 잊지 않고 아버지가 볼 수 있도록 매일 새벽 붉은 색 연을 날리는 것이었다. 이제는 그 아들이 주는 신호에 따라 자신이 삶의 줄을 굳게 쥐어야 할 차례였던 것이다. 그는 옥중에서 좌절감이 일어날 때마다 붉은 연, 곧 삶을 향한 불길이 타오르는 것을 느끼고 마음을 다잡곤 했다.

우리에게 붉은 연은 하나님의 사랑이요, 부모님의 사랑이다. 이 사랑을 가질 때 어떤 역경도 넉넉히 이겨낸다. "그러나 이 모든 일에 우리를 사랑하시는 이로 말미암아 우리가 넉넉히 이기느니라." 우리를 하나님의 사랑에서 끊어버릴 만한 것은 세상에 아무것도 없다. 우리는 어려운 시련들을 이긴다. 모든 일에 믿음으로, 우리를 사랑하시는 힘으로 말미암아 넉넉히 이긴다. 어떤 고난의 높이도 어떤 슬픔의 깊이도 우리는 넉넉히 이겨낼 수 있다. 우리 심장 안에 사랑이 있기 때문이다. 사랑의 힘은 병도 이기고, 죄도 이기고, 세상도 이기고, 원수도 이기게 한다. 모든 것들을 넉넉히 이겨내고 견디게 하는 것이 사랑의 힘이다.

가정은 아가페의 제공처다

영국의 유명한 설교가인 찰스 스펄전 목사가 한 번은 시골에 있는 어떤 농가를 방문했다. 농가의 마당 한쪽 편에는 큰 풍향계가 서 있었고, 그 풍향계 끝에는 바람의 방향을 가리키는 화살촉이 바람 부는 대로 이리저리 흔들리고 있었다. 그런데 흔들리는 화살촉 밑에는 '하나님은 사랑이시라.' 고 쓰인 팻말이 매달려있었다. 의아해진 목사는 그 집 주인에게 물었다. "설마 하나님의 사랑이 바람 부는 대로 바뀐다는 뜻은 아니겠지요?" 그러자 주인은 웃으면서 대답했다. "물론입니다. 정반대이지요. 바람이 어떠한 방향으로 불든 간에 하나님의 사랑은 여전히 변함이 없다는 뜻으로 적어놓은 것입니다."

부모의 사랑도 아가페적 사랑이다. 자녀의 임신과 출산, 양육과 교육, 출가에 이르기까지 수고와 보살핌은 정말 숭고하다. 보답을 전제로 하지 않은 사랑이기에 아가페적 사랑이다.

사랑은 흔히 네 종류로 나누어 설명한다. **첫째,** ' 에로스'는 남녀 간의 연정을 말한다. 신체적인 매력과 아름다움을 표현하며 연인을 위해 주는 열정적 사랑이다. **둘째,** '필레오'이다. 이것은 친구 사이의 사랑 즉 우정이다. **셋째,** '스톨게'이다. 이것은 가족 간의 사랑을 말한다. **넷째,** '아가페'이다. 하나님의 사랑, 부모의 사랑 같이 조건 없는 사랑을 말한다. 받을 것을 계산하지 않으며, 주는 쪽이 주는 것으로 더 기뻐하는 일방적 사랑이요 헌신적 사랑이다. 하나님께서 아직 죄인으로 남아 있는 인간을 위해 독생자 예수를 이 땅에 보내주신 것이 아가페적 사랑이다.

노르웨이의 탐험가 난센이 한번은 북극 근처의 바다 깊이를 재려고 긴 동아줄을 내렸다. 그러나 그 끝이 바다 밑바닥인 해저에 닿지 못했다. 그는 일지에 '바다가 이 동아줄보다 더 깊음'이라고 기록하였다. 다음날 더 긴 줄을 가져다가 깊이를 재 보았으나 역시 해저에 이르지 못했다. 같은 작업을 며칠 계속하였지만 깊은 북극의 바다 깊이를 잴 수가 없었다. 결국 난센은 그의 일기에 이런 메모를 남겼다. '이 근방의 바다는 하나님의 사랑과 같다. 끝없이 깊은 바다이다.' 그렇다. 하나님의 사랑은 감히 측량할 수가 없다. 우리의 이해가 부족하여 아무리 생각하고 또 생각해도 그 깊이를 헤아릴 수 없는 것이 하나님의 사랑이다. 따라서 세월이 가고 신앙 연륜이 깊어질수록 하나님 사랑의 깊이도 한없이 깊어짐을 우리는 깨닫게 된다. 오늘도 우리에게 임하시는 아가페적 사랑을 기억하라.

Point

심리상담가인 토니 험프리스는 "8살 이전의 자존감이 평생 행복을 결정한다."라고 말하며, 가정이 자아상을 만들어내는 산실이라고 강조한다.

03

화목한 가정은 부부관계가 튼실하다

미국의 어떤 신문에 다소 엽기적인 광고가 실린 적이 있었다. "내 남편, 단돈 10달러만 내고 가져가세요."라는 광고였다. 얼마나 지겨 웠으면 그랬을까? 알고 보면 실제로 표현을 하지 못할 뿐이지 이런 마음을 가지고 있는 남편이나 아내는 많다. 관계를 통해서 채워지는 것은 하나도 없고, 매일 이어지는 부부갈등으로 인해 내적 에너지가 소진되고 나면 같이 사는 것 자체가 지겹고 힘들어진다. 그럴 때는 정말 배우자를 폐기물처럼 처분하고 싶은 마음이 들기도 할 것이다.

상담을 해보면, 부부 생활에서 만족도가 떨어지는 남편들은 대체 로 자존감이 저하되어 있으며, 부인이 자신을 무시한다고 생각한다. 쓸모 있는 존재, 유용한 존재로 인정받고 싶은데 번번이 그 욕구가 좌절되기 때문에 부부 만족도가 떨어지는 것이다. 이것이 남편의 자존감이다. 반면 부인의 자존감은 공감에 달려 있다. 남편이 자신의 감정을 공유한다고 여기면 부부의 만족도도 높아지는 것이다.

부부 치료는 서로가 서로에게 얼마나 소중한 사람인지를 깨닫는 과정이다. 성숙한 부부들은 배우자의 자존감을 지키는 일이 곧 나의 자존감을 지키는 일이라고 알고 있다. 그래서 상대방의 자존감을 지켜주려고 노력한다. 한 배를 탄 운명공동체이므로 상대가 죽으면 나도 죽는다는 것을 안다.

부부 연합의 축복

가족관계연구소장 정동섭의 책 『부부연합의 축복』에서는 이렇게 말한다.

"한 남자와 여자가 만나서 행복한 관계를 만들어 간다는 것은 쉬운 일이 아니다. 결혼은 하나의 종합예술작품을 만드는 것과도 같은 과제다."

또한 월러 스타인은 『좋은 결혼』을 통해 부부가 수행해야 하는 아홉 가지 과제를 제시하였다.

첫째, 부부는 어린 시절의 원 가족으로부터 정서적으로 분리하고 새로운 관계에 헌신해야 하며, 확대가족과 새로운 연결 고리를 맺어야 한다.

둘째, 부부는 친밀감을 통해 함께함을 구축하고, 개인적으로 자율성을 지키면서도 다른 사람을 포함시키는 자아감을 확대하여야 한다.

셋째, 부부는 결혼의 정서적 풍요로움을 유지하는 가운데 자녀를 생산하여 유년기부터 자녀가 집을 떠날 때까지 부모 역할을 수행해야 한다. 두 가지 관계의 균형을 유지하도록 한다. 좋은 부모란, 좋은 부부관계에서 출발한다는 것이다.

넷째, 부부는 질병, 죽음 ,자연재해와 같은 인생의 예측 할 수 없는 고난과 피할 수 없는 발달 단계의 도전에 직면한다. 스트레스와 위기에 잘 대처하면 더욱 성숙한다.

다섯째, 부부는 서로의 차이와 분노, 갈등을 표현하기에 안전한 관계를 만든다. 그리하여 갈등을 창조적으로 해소한다.

여섯째, 부부는 창의적이며 즐거운 성생활을 개발하고 누린다. 시간과 사랑과 민감성이 요구된다.

일곱째, 부부는 웃음과 유머를 나누고 관계 속의 관심사를 생동감 있게 유지한다. 삶의 심각한 측면과 유희적 측면을 함께 유지하되 늘 생명이 넘치게 한다.

여덟째, 부부는 모든 성인이 일생 필요로 하는 정서적 양육과 격려를 제공한다.

아홉째, 부부는 연애시절과 신혼시절의 즐거움과 환상에서 양분과 정신을 끌어냄으로써 관계의 핵을 지탱하는 것이다.

부부는 서로를 인정하는 관계다

사회의 가장 작은 단위인 가족을 보자. 가족에게 내가 필요 없는 존재라는 생각이 있는 사람일수록 배우자나 가족으로 인해 자존감은 가차 없이 흔들린다. '나 때문에 부모님이 원치 않는 결혼 생활을 이어가는 건 아닐까?' '나 같은 자식은 있으나마나한 존재야.' 라는 생각이 드는 상황에서 자존감을 지키기란 매우 어렵다. 필요도 없고, 타인의 인생을 망친 자기 존재에 만족할 인간은 세상 어디에도 없는 법이다.

직장 생활도 마찬가지다. 직장생활을 오래 하면 회사에서 살아남는 법이나 인간관계에서 오는 갈등을 푸는 요령에는 웬만큼 숙련이 된다. 하지만 그런 사람일수록 배우자나 가족에게 존재감이 약한 경우가 많다. 오랜 관찰 끝에 알게 된 사실 하나는 '회사원으로서 꽤 괜찮은 나'가 배우자에게는 전혀 인정을 받지 못한다는 것이다. 이럴 때 자신의 가치를 높게 평가해주고 응원해주는 이성이 회사에 있다면 어떨까? "과장님은 그렇게 불리한 상황에서도 어쩜 그런 결과를 이끌어내세요? 정말 대단해요."라거나 "평소 늘 존경하고 있습니다. 많이 가르쳐 주세요."라고 나를 인정해주는 사람이 있다면, 누구라도 기분이 좋고 마음도 편안해지게 된다. 사회적 존재로서 가치를 인정받으니 자존감이 덩달아 공명을 일으키는 것이다.

직장생활 동료를 지칭하는 말 중에 오피스 와이프[Office wife]나 오피스 허즈번드[Office husband]라는 말이 있다. 실제 부인보다 더 많이 만나고 더 많은 이야기 나누는 대상이라는 의미다. 오피스 와이프나 오피스 허즈번드를 둔 사람들은 하나같이 말한다. 배우자는 인정해주지 않는 자신의 존재를 그들이 알아준다고. 배우자가 '일 중독자'라는 독설을 쏟아낼 때 그들은 반대편에서 위태로운 자아를 일으켜 세워준다고.

실제로 외도에 빠진 사람들을 만나 보면 상당수가 자존감이 떨어져 있는 상태이다. 그들이 죄다 바람기와 성욕을 주체할 수 없어서 일탈을 하는 게 아니란 뜻이다. 누군가에게 인정받고 싶은 본능이 자신도 모르는 사이에 일탈의 주인공으로 만드는 것이다. 가족이 인정해주지 못한 자신의 가치를 밖에서 찾는다.

배우자와 어린 시절을 이야기하라

나는 아내를 사랑한다. 그래서 늘 아내에게 잘해 주려고 애를 쓴다. 아내도 나를 사랑하고 격려해준다. 서로 격려하고 나에게 새로운 일에 도전하라고 북돋아 준다. 이 책을 쓰라고 권유한 것도 아내였다. 아내는 수년 전 문학에 입문하여 이미 책을 몇 권 펴낸 '인생 레시피' 작가로 세상에 알려져 있다. 지금까지 연구하고 말하는 직업에 종사해 왔지만, 말과 글은 또 다르다. 글쓰기 은사가 없는 나에게 글쓰기란 무척 어려운 일이다. 그런데도 아내는 틈만 나면 잘할 수 있다며 글쓰기를 재촉한다. 아무리 생각해도 나는 능력이 없는 것 같은데, 아내가 자꾸 뭔가를 써보라고 하니 마음이 불편할 때도 있다. 그래도 아내는 "당신은 나보다 더 잘 쓸 수 있다.'라고 격려한다. 곧 하겠다고 하고는 차일피일 미루었다. 아내는 또 그렇게 미적거리는 모습을 지적한다. "그동안 저를 뒷바라지했으니 이젠 당신 차례예요." 하면서 늦기 전에 실행으로 옮기라고 채근한다.

36년 이상을 같이 살아온 부부인데도 아내는 나에 대한 욕심을 버리지 않는다. 엉뚱한 요구도 꽤 많다. 욕심이 많아서 뭔가를 배우고 도전한다면 나는 전폭적으로 지원할 마음이 있다. 실제로 아내는 그런 사람이다. 뭐든 도전하고 열심히 한다. 평생 공부로 독서를 하고 글을 쓰고 있다. 나이는 숫자에 불과하다고 하면서.

아내가 왜 그렇게 나에 대해 자상하게 행동하는지는 부부학교를 통해 아내의 어린 시절을 탐사하면서 알게 되었다. "아하! 그래서 그렇구나."라고 이해가 되면 상대를 받아주는 마음 공간이 훨씬 더 넓어진다.

아내는 어릴 때부터 아버지가 어머니를 하염없이 아껴주고 배려하는 것을 보고 자랐다. 당시에 물 긷기는 주로 여자들의 몫이었다. 물지게를 지고 오는 사람도 대부분이 여자들이었다. 그러나 아버지는 남의 눈치도 보지 않고 매일 아침 일찍 물지게를 지고 나가 우물에서 길은 물을 부엌에 있는 물통에 채우셨다고 한다. 또 겨울에는 늘 장작불을 손수 지피고, 잠자리에 들 때도 이부자리를 먼저 펴는 분이셨다. 자식들의 공부에 대한 관심도 많아 어린 자녀들의 학습지도까지 해 주면서, 늘 어디 아프거나 불편한 것이 없는지도 세심하게 살피는 분이셨다. 어린 아내의 눈에 아버지는 자상함이 몸에 밴 분이었다고 한다. 어머니 또한 부지런하면서 재주도 많은 분이었다. 온갖 요리도 척척 해 내셨으며 인정이 많아 나눠주기를 좋아하셨다. 또 지혜로워서 자식들끼리 다툼이 생기면 엄하고도 자상하게 중재를 해 주셨다.

내 부모님은 반대였다. 두 분 다 훌륭한 분이셨음에도 아버지가 어머니에게 하는 것이 장인어른과는 너무 달랐다. 결혼 후 처가에서 본 장인 어른의 모습과 내 아버지의 모습을 비교해 보면서 어쩌면 저렇게 다를 수가 있을까 싶었다. 그런 아버지를 이해하는데 꽤 시간이 걸렸다. 그 또한 나의 어린 시절과 아내의 어린 시절, 부모님의 어린 시절 이야기를 들으면서 이해할 수 있었다. 어린 시절에 관한 이야기를 서로 나눈 것은 나 자신을 이해하고 아내를 더 깊이 이해하는 계기가 되었다. 그렇게 정보를 주고받다 보니 이해하지 못할 것이 없었다. 가족이 되어 서로 이해한다는 것이 얼마나 큰 행복인지 나는 온 몸으로 느꼈다. 동시에 가족이 되어 서로를 이해하지 못하는 것보다 더 큰 불행이 없다는 것도 그동안 상담을 하면서 느끼고 있다.

부부행복학교를 통해 서로를 이해

우리 부부가 처음부터 서로를 이해한 것은 아니었다. 그 접촉점은 '부부행복학교' 라는 프로그램이었다. 부부행복학교에서는 매회마다 꼭 읽어야할 필독서가 있었다. 책을 읽으면서 나와 배우자를 이해하는 효과를 얻었는데, 나중에야 그것이 독서치료[bibliotherapy]임을 알았다. 첫 필독서는 폴 투르니에의 『서로를 이해하기 위해서』였다. 폴 투르니에는 20세기 기독교에서 가장 큰 영향력 있는 저술가로 평가되는 크리스천 정신의학자이다. 그 책에서 "서로를 이해하기 위해서는 타고난 차이점을 인정해야 한다."와 "이해하기 위해서는 자신을 표현해야 한다."라는 문장을 읽으면서 나는 신선하고도 강력한 충격을 받았다. 그러나 서로의 차이점을 인정해야 한다는 것은 쉽게 동의가 되었지만, 자신을 표현해야 한다는 것은 선뜻 이해하기 어려웠다. 그 때까지 나는 표현하지 않는 것이 가정의 평화를 지키는 것이라고 여기고 있었다. 결국 나와 아내는 피차 표현하지 않아서 서로를 이해하지 못했다는 말이었다. 나만 힘들었던 것이 아니라 내 아내도 표현하지 않는 나 때문에 무척이나 힘들었을 수도 있다는 뜻이이기도 했다.

그 책을 읽은 후부터, 우리 부부는 틈만 나면 어린 시절에 대한 이야기를 나누었다. 그러다 밤을 꼬박 샌 적도 몇 번이나 있었다. 어린 시절을 이야기 할 때면 타임머신을 타고 과거로의 여행을 다녀온 느낌이 들기도 했다. 서로 이야기를 하다가 감정이 복받쳐 눈물이 나오는 경우도 있었다. 아내 역시 이야기를 하다 말고 더러 울음을 삼키곤 했었다. 나는 아내 이야기에 울고 아내는 내 이야기에 울었다. 마음을 치료하기 위해서는 우는 것이 필요하다. 울고 싶었을 때 울지 못했던 것을 지금에라도 충분히 울어주면 마음이 치유가 된다. 그렇게 서로 이야기를 주고받다보니 저절로 고개가 끄덕여지고 "아하!"라는 감탄사가 절로 나왔다.

심리학의 창시자 프로이트는, 슬픔을 완결하려면 충분히 울어주는 시간이 필요하다고 말했다. 그의 말처럼 그럴수록 상대를 이해할 수 있게 됨과 동시에 나 자신에 대해 이야기하는 것이 부끄럽지 않다는 신비로운 경험을 했다. 따지고 보면 여자가 화장기 하나 없는 민낯을 그대로 드러낸 것과도 같은데 전혀 부끄럽지 않았다. 그렇게 가면을 벗고 이야기를 나누다 보니 어린 시절의 상처, 꾸었던 꿈 그리고 수치스러웠던 이야기조차 아무런 거리낌 없이 할 수 있었다. 그렇게 서로가 연합된다는 것을 느낄 때면, 이미 우리 두 사람은 동화나라의 어린왕자와 공주가 되어 있었다.

아내(이경채)도 자신의 책 『인생레시피』에서 같은 이야기를 쓰고 있다. "부부가 서로의 마음에 초점을 맞추려고 노력하니 관계의 변화가 일어났다. 그 정도 수준에 이르니 서로 관찰자가 되고 치료자가 되고, 그 과정에 또 새로운 치료를 가져와 더 깊은 결속이 이뤄져 합력하여 선을 이룬다는 말의 의미를 온 몸과 마음으로 느끼게 된다. 또 사랑의 탱크를 채우는 일이 중요하다고 어느 곳에 가든 황금률처럼 강조한다.”

여성들의 가치관이 남성과 다르다는 것을 인식하지 못할 때가 있었다. 남성의 가치관은 능력과 효율, 업적에 있다. 남성은 목표 지향적이어서 목적을 달성한다는 것은 자신의 유능함을 입증하는 것이며, 그럴 때에 스스로 만족감을 얻는다. 남성은 혼자 일을 처리해 내는 데에서 자부심을 갖는다. 반면 여성들의 가치관은 사랑, 친밀감, 대화, 아름다움에 있다. 여성은 관계 지향적이어서 자기의 능력보다 자기가 지닌 따뜻함과 관심을 표현하고 조금이라도 보살펴 주는데 마음을 쓴다. 주된 관심사는 개인적인 감정을 나누는 인간관계이다.

나는 다행히 결혼 초에 이러한 지식을 아내와 함께 일찍 터득했다. 그렇지 않았더라면 자칫 아내를 외롭게 하는 일이 많았을 것이다. 지금은 누가 뭐래도 서로 불쌍하게 여기고“나는 외로워도 되지만, 당신은 외로우면 안 돼.”하는 마음으로 살아가고 있다. 부부의 행복한 삶을 위해 부부행복학교 공부와 실습이 필요하다는 것을 오랜 경험으로 알 수 있다.

감옥까지 함께 가는 사랑

폴란드의 바사 공작과 부인 카타리나 자겔로의 사랑은 지금까지도 많은 사람들의 입에 회자되고 있다. 바사 공작은 반역죄의 누명을 쓰고 종신형을 선고 받았다. 그러자 부인인 카타리나가 왕을 찾아가서 애원했다.

"저도 남편과 함께 복역할 수 있게 해 주십시오."

왕은 깜짝 놀라서 카타리나에게 물었다.

"부인, 종신형이 무엇인지 아시오? 죽을 때까지 감옥에서 나오지 못하는 무서운 형벌이오. 아무 죄도 없는 당신이 왜 그런 옥살이를 하려는 것이오?"

카타리나는 손가락 끼어 있던 반지를 빼서 왕에게 보여주면서 애원했다. 그 반지에는 '모르스 솔라(Mors sola)'라는 글귀가 새겨져 있었다. '죽음이 우리를 갈라놓을 때까지 하나'라는 뜻이었다.

"우리를 갈라놓을 때까지 하나라는 이 글처럼 비록 종신형을 받았다 할지라도 그는 여전히 나의 남편이고 나와 한 몸입니다. 그러니 나도 남편과 같이 감옥에 있게 해 주십시오."

결국 카타리나는 남편과 한 감방에 투옥되어 17년을 복역했다. 왕권이 바뀌면서 새로운 왕이 그 사랑에 감탄해서 석방시켜 준 것이다.

진정한 사랑은 어려움이 올 때 기쁜 마음으로 고통을 함께 나누는 것이다. 유럽에서 진정한 사랑을 말할 때는 꼭 폴란드의 바사 부인 카타리나 자겔로의 이야기가 나온다. 과연 나도 그런 사랑을 할 수 있을까? 가슴에 손을 얹고 잠시 깊은 생각에 빠져본다.

04

가정, 세상으로 나가는 전초기지

파도, 올라탈 것인가 도망갈 것인가?

파도타기를 좋아하는 사람에게 높은 파도는 즐거움의 대상이지만, 수영을 못하는 사람에게는 두려움의 대상일 뿐이다. 수영을 할 줄 알고 서핑 보드를 능숙하게 탈 줄 아는 사람은 도리어 높은 파도를 기다린다. 인생을 살다보면 환란이나 박해, 고통과 아픔이란 파도를 만날 수 있다. 그러나 그 파도를 피하기보다 능숙하게 올라타는 용기와 능력이 필요하다. "내 실력이라면 저 파도 정도는 얼마든 탈 수 있어."라는 자신감이 있는 사람은 그 파도를 향해 달려갈 것이다. 인생의 파도타기는 경험한 사람만 알 수 있다. 그 경험은 그 무엇과도 바꿀 수 없는 자산이 된다.

자신감의 결여는 인정부족에서 온다

생각의 차이에 따라 날마다 창조적이고 생산적인 삶을 살거나 그렇지 않을 수도 있다. 하루하루가 얼마나 기대가 되는가? 사람은 희망찬 삶을 살아야 할 특권을 가지고 있다.

안으로부터 에너지가 되어 나오는 당신의 자존감은 어느 정도인가? 자존감은 말 그대로 자신을 얼마나 존중하고 가치 있는 존재로 받아들이는가를 뜻한다. 자존감의 중요성은 날로 커지고 있다. 최근 발행되고 있는 육아 서적에서도 칭찬을 강조하고, 자녀를 얼마나 사랑하는지 구체적으로 알려주라는 메시지가 많이 나온다. 이처럼 높아진 교육 풍토와 의식 있는 부모들 덕분에 요즘 아이들은 중장년층에 비하면 자존감이 꽤 높을 것 같다.

안타깝게도 지금 성년이 된 대다수는 부모에게 그런 말을 듣고 자라지 못했다. "너는 소중한 사람이야."라는 말을 듣기는커녕 잘못했다고 혼나거나 심지어 문밖으로 쫓겨났던 경험이 더 많았다. 직접 지적하거나 창피함을 유발해 복종하도록 하는 육아법이 일반적이던 시절이었다.

전문직 종사자나 성공한 사람들 중에도 자신의 능력이나 성취를 의심하며 불안해하는 사람들이 많다. 어릴 때부터 공부를 잘했고, 현재 성공적으로 일하고 있으며, 여러 면에서도 모자랄 게 없어 보이는 사람들이지만 늘 쫓기며 살아가고 있다. 왠지 모를 불안과 초조함에 잠을 못 이루거나 심한 경우 술을 마셔야만 잠을 이룬다는 사람들도 있다. 이들은 대개 강박증에 시달린다. 강박증은 한 가지 생각이 지속적으로 떠오르고 지워지지 않는 증상이다.

이들의 강박증은 어릴 때부터 이런 생각에 휩싸여 있던 경우에서 비롯된다. '1등을 하지 못하면 넌 아무짝에도 쓸모 없는 인간이야.' '이번 시험에서 떨어지면 엄마 아빠한테 혼날 거야.' 같은 생각 말이다. 성공한 사람들의 뒤에는 헌신적인 부모도 있지만, 이렇게 강박증을 심어놓을 정도로 자녀에게 불안을 강요하는 경우도 있다. 부모는 그런 영향을 끼치지 않았지만, 자녀 스스로 그런 생각에 빠지는 경우도 많다.

어떻게 해야 할까? 해답은 과정에 있다. 과정에 몰입하면 된다. 평가는 나중의 일이고, 과정은 현재의 일이다. 과정에 집중한다는 것은 결국 오늘 할 일에만 초점을 맞추는 것이다. 취업을 하고 싶다면 취업을 하기 위해 오로지 오늘 할 수 있는 일만 생각해야 한다. 아무리 좋은 대학에 가고 싶다고 하더라고, 그 과정은 오늘 공부를 하느냐 마느냐에 있다. 그 평가는 할 수 있는 영역이 아니며, 현재의 영역도 아니다. 과정에 집중하는 사람들은 '지금 이 순간의 나'에게 집중할 수 있다. 하루하루 최선을 다하기 때문에 결과가 나쁘더라도 상처가 적다. 비록 시험에 통과하지 못했지만 그 과정은 훌륭했다는 만족감이 있기 때문이다. 자존감은 나로 하여금 이렇게 말하게 한

아버지가 들려 주는 무대 위 행복

다. "나는 내가 참 좋다." "이런 내가 정말 마음에 든다."

긍정적 자아상으로 무장시켜라

21세기를 사는 우리 자녀들이 건강하게 살아가려면, 자신의 정체성을 찾고 건강한 자아상을 유지하도록 도와주어야 한다. 신앙생활에 있어서도 자아상은 상호 깊은 연관성을 가진다. 건강한 자아상을 가진 사람의 이미지는 사랑과 은혜가 가득하며 무한인내로 품어주시는 분이고, 부정적 자아상을 가진 사람의 이미지는 무섭고 심판하고 징벌을 내리는 분이다. 신앙이란 나 자신을 나의 눈으로 바라보는 것이 아니라 긍정적 자아상으로 하나님의 눈으로 나를 바라보는 것이다.

인간의 자의식은 말을 배우는 시기부터 시작된다. 즉 엄마, 아빠라는 대상을 부르고 자신이 그들과 분리되어 있다는 것을 느끼면서부터 자의식이 생겨난다. 엄마, 아빠를 구분하면서 자신이 그들과 다른 개체임을 알게 된다. 자녀들은 태어날 때에도 큰 충격을 받지만, 이렇게 자의식을 가지면서도 충격과 불안을 느끼게 된다. 자신을 부모의 한 부분, 혹으로 붙어있는 존재로 알고 있다가 어느 날 한 개체로 자신을 느끼면서부터 중요한 자의식이 형성되는 것이다. 자의식은 성장해 가는 동안 자아상으로 굳어지게 된다.

자존감의 바탕이 되는 자신감

자존감은 자기 가치에 대한 인정 더하기 자신감으로 구성된다. 자신감이 없으면 열등감에 사로잡히게 되고, 그 열등감은 부정적인 자아상과 낮은 자존감을 만든다. 개인의 지능, 신체적 매력, 교육, 재력, 권력, 성취 등에 따라 자존감이 달라진다. 그래서 자존감의 공식을 욕구분의 성공이라고 말하기도 한다. 사람이 건강하지 못한 부정적인 관점을 갖는 것은 자기 스스로 다른 사람에 비해 능력이 없다고 생각하기 때문이다. 부정적인 부모는 자식의 장점보다 부족한 점을 먼저 지적한다. 그런 부모 아래서 자란 자녀는 자신감이 더 없어지게 된다. 그래서 다른 사람 앞에 당당히 나서지 못하고 눈치를 본다. 그런 시간이 계속되면 자기 스스로를 더 더욱 부정적으로 보게 되어 병든 자아상을 소유한 채 평생을 살아간다.

무심코 내뱉은 부모의 자신감을 꺾는 말로 인하여 자녀들이 자신감을 잃는 경우가 많다. 아이에게 장점도 많은데 왜 굳이 몇 안 되는 단점만 지적을 하는지 안타까울 따름이다. 특히 한국에서는 공부와 관련된 부분을 자주 지적한다. 학교 공부는 암기 위주다. 결국 공부를 잘한다는 말은 암기를 잘한다는 말로 통한다. 그런데 사실 인생을 살아가는 데에 암기력만 필요한 게 아니다. 다른 요소들도 함께 작용해야 한다. 아무리 암기력이 뛰어나도 다른 부분이 조화롭게 발달되지 못하면 아무런 소용이 없다. 그럼에도 공부가 조금 부족하다

아버지가 들려 주는 무대 위 행복

고 하여 지적, 폄하하고 자존심을 망가뜨리는 것은 아예 자녀들의 가능성의 싹을 잘라버리는 것과 같다.

닉 부이치치 이야기

닉 부이치치라는 사람은 선천적으로 머리와 몸통 그리고 발가락이 두 개뿐인 장애인이었다. 그럼에도 그는 지금까지 아프리카, 아시아, 유럽 등 세계를 다니며 행복을 전하는 행복 전도사로 활동하고 있다. 그의 신체만 놓고 본다면, 분명히 절망의 나날을 보낼 수밖에 없는 사람처럼 보인다. 그런 그가 행복전도사로 살게 된 것은 예수님을 만난 후부터였다. 그는 8세 이후 세 번이나 자살을 시도할 정도로 삶에 비관적이었다. 그러다 15살에 예수 그리스도를 인격적으로 만난 이후부터 믿음으로 일어섰다. 대학을 졸업했고, 스케이트보드를 타고, 서핑을 하고, 드럼을 연주하고, 골프를 치고, 컴퓨터를 다루는 등 일반인보다 더 열정적으로 살고 있다.

그는 말한다. "저는 백 번이라도 다시 일어나려고 시도할 거예요" "아직도 기적을 믿어요. 하나님은 제게 위대한 사명을 주셨어요. 저의 이야기를 통해 사람들이 변화하는 모습을 보는 것은 정말 아름다운 일입니다." "저에겐 아직 저 자신도 모르는 부분이 남아 있지만 적어도 저는 하나님의 피조물이요, 그분의 특별한 계획에 의해 창조되었다는 깨달음만은 확실해요. 그것이 나를 행복하게 해요." 닉 부이치치는 예쁜 아내와 결혼하여 아이까지 낳고 행복한 가정을 꾸려 나가고 있다. 얼마나 자신감 넘치는 삶인가.

현대인의 95%는 열등감의 질병을 앓고 있다

맥스웰 마르츠는 "현대인의 95%가 열등감의 질병에 시달리고 있으며, 단지 5%의 사람만이 자신에 대해 만족하며 행복한 삶을 영위해 나간다."고 말했다. 사람은 자신을 어떻게 바라보는가에 따라 말과 행동이 따라간다. 한 가지라도 부정적인 것에 초점을 맞추면 그런 삶으로 가고, 긍정적인 쪽에 초점을 두면 역시 그런 삶으로 간다. 마치 자동차가 운전하는 사람의 의도대로 가는 것과 같다. 그래서 사람은 우리를 향해 은혜를 베푸는 그분의 관점에 초점을 맞추고 살아가야 행복할 수 있다. 하나님은 우리의 부족함을 보지 않으신다.

네 손가락 피아니스트 이희아 씨는 정상인도 어렵다는 '쇼팽의 즉흥환상곡'을 능숙하게 연주한다. 그녀는 강연장에 온 관객들에게 손을 번쩍 들어 주먹을 꽉 쥐라고 하면서 "You can do it"을 선창하며 외치게 한다.

하워드 가드너(Howard Gardner)는 "인간은 상호 독립된 복수의 지능을 가지고 있고, 그것들의 지능은 뇌 내에 대응하는 기능 영역을 가지고 있다."고 말한다. 가드너는 다중지능으로 언어적 지능, 논리

수학적 지능, 공간적 지능, 음악적 지능, 신체 운동적 지능, 내성적 (자기이해)지능, 대인적(대인관계)지능 그리고 박물적(자연탐구)지능 등 8 가지를 들고 있다. 그는"사람에게 꿈이 주어지고 그 꿈을 이루기 위한 열정이 불타오르게 되면, 바로 다중지능 포토폴리오가 바꾸어져 꿈을 이루는 쪽으로 간다."라고 말한다.

가정은 적극적 태도의 산실 송가네 이야기

보통사람이 공부 잘하는 방법『1.3 1.3 송가네 공부법』을 쓴 송하성 교수의 강의를 들은 적이 있다. 송 교수는 가난한 농촌에서 태어나 상업고등학교에 진학했다. 가난하고 희망이 없는 어려운 시절이었다. 그는 고등학교 1학년 시절에 우연히 간 교회에서 "구하라 그러면 주실 것이요"라는 말씀을 처음으로 들었다. 그 메시지는 그의 마음을 송두리째 흔들어 놓았다. 그 후 학생회 예배와 주일예배, 새벽기도를 매일 나가면서 최선을 다해 공부하기 시작했다. 그는"그 말씀 하나로 가정에는 혁명이 일어났다"고 말했다. 어둠의 가정에 빛이 들어 온 것이다.

동생들은 "형이 교회 다니면서 달라졌다."고 간증했고, 형을 따라 공부하기 시작했다. 그의 공부법에는 두뇌화, 목표화, 계획화, 동작화, 버릇화, 소통화(국제화, 논리화), 몰입화(한글 라온법) 등이 있다. 좌뇌와 우뇌가 골고루 발달되어야 창의성이 불타오른다. 그는"여러분들은 이 시대의 요셉입니다. 큰 꿈을 가지십시오. 자신이 품은 꿈만큼 되는 것입니다."라는 설교를 듣고, 은행에 취직해서 먹고 살아야겠다는 생각을 접고, 대학 진학의 꿈을 키웠다. 고학으로 대학을 다니며 그는 행정고시에 합격했으며, 경제기획원과 공정거래위원회, 청와대 등에서 경제 관료를 지냈다. 다섯 형제가 모두 고시에 합격했다. 송 교수의 예에서 보듯이 건강한 자아상을 가진 사람은 매사에 적극적인 태도를 가지며, 낙관적 미래를 기대한다. 자신이 하고 있는 일에 최선을 다하고, 그런 자신을 인정할 줄 안다.

사람은 과거 때문에, 실패 때문에, 자신의 환경 때문에 쉽게 소극적인 삶을 선택한다. 그럴 이유가 없다. 사도 바울도 핍박자였다. 그도 실패한 사람이었다. 아담도 실패자였다. 노아도 실패자였다. 아브라함은 아내를 두 번이나 팔아먹은 비겁한 남자였다. 모세도 실패자로 미디안 광야에서 처량한 이방인 신세였다. 다윗도 실패했다. 솔로몬도 실패했다. 그러나 하나님은 그들을 영원히 실패한 인간으로 보지 않으셨다. 오히려 그들의 실수를 통해 합력하여 선을 이루도록 역사하셨다. 믿는 자에게는 그런 특권이 주어진다.

조용기 목사는 『꿈꾸는 사람』에서 이렇게 말한다. "인간은 지구상에 생존하기 위해서는 끊임없이 투쟁해야 존재한다."프랑스의 대문호 빅토르 위고도 인생에 대하여 이렇게 말했다. "오늘 너의 사명이 무엇이냐? 투쟁이다." 인생을 살아가는 사람, 신앙을 지키는 사람은 전투에 임하는 용사라고 말하며, 인간의 능력이 아니라 전신갑주를 입으라고 강조한다.

Point

파도타기를 좋아하는 사람에게 높은 파도는 즐거움의 대상이지만, 수영을 못하는 사람에게는 두려움의 대상일 뿐이다. 수영을 할 줄 알고 서핑 보드를 능숙하게 탈 줄 아는 사람은 도리어 높은 파도를 기다린다.

상처 입은 감정은 밑 빠진 독 같은
삶의 태도를 갖게 한다.
남의 인정과 칭찬에 지나치게 예민하고,
끊임없이 자신을
인정해 줄 것을 요구한다.

PART
03

자아상의
치유와 회복

혹 당신을 둘러싼 환경을 보고 불평하고 있는가? 그것들이 다른 사람의 탓이라고
여기는가? 부모나 사회의 제도를 탓하는가? 세상이 어수선하고 불경기라서 그렇
다고 여기는가? 그러나 냉정히 따지고 보면 그것은 당신이 만든 자아상의 눈으로
보는 모습일 뿐이다.

01

있는 모습 그대로를 수용하라

행복한 제비꽃

어떤 왕이 자기 정원으로 산책을 나갔다. 그런데 이게 웬일인가! 잣나무가 스스로 죽으려 하고 있었다.

"아니, 너는 왜 죽으려 하느냐?"

왕이 물었다.

"제 옆에 있는 포도나무의 탐스런 열매를 좀 보세요. 저런 열매도 맺지 못하면서 제가 살아서 무엇 하겠어요?"

왕이 포도나무 옆으로 다가갔다. 그런데 놀랍게도 포도나무도 스스로 죽기를 결심하고 있었다.

"아니, 너는 왜 죽으려 하느냐?"

"제 옆에 있는 감나무 좀 보세요. 얼마나 열매가 크고 굵습니까?

저는 이렇게 꼬부라져서 자라고, 열매도 작아서 수치스러워 살 수가 없어요."

왕이 가는 곳마다 나무들은 다른 나무들과 자신을 비교해 가며 저마다의 이유로 살고 싶지 않다고 말했다. 왕은 고민에 빠졌다. 그런데 그때 왕은 자신의 발아래 활짝 피어 웃고 있는 조그만 제비꽃을 보았다.

"다들 죽겠다고 난리인데 너는 활짝 웃고 있구나."

제비꽃은 이렇게 말했다.

"저는 활짝 피어난 행복한 모습으로 사람들에게 행복을 느끼게 하고 싶어요. 사람들의 기분이 좋아지면 저도 행복하거든요."

나무들이 죽고 싶어 했던 단 한 가지 이유는 비교의식이다. 비교하는 것은 자신의 독특함을 인정하지 않는다는 뜻이다. 잣나무가 포도나무일 필요도 없고, 포도나무가 감나무일 필요가 없다. 제비꽃만 자신이 제비꽃이라는 사실을 있는 그대로 받아들였다. 행복은 이렇게 자신을 있는 그대로 받아들이는 데서 출발한다.

모든 인간관계의 행복 또한 상대방을 있는 그대로 받아들이는데서 출발한다. 그래서 부부관계든 부모자식 간이든 모든 관계에서도 상대방을 있는 그대로 인정해야 한다. 그래서 나는 집단상담 첫 시간에 몇 수십 번 이 말을 되뇌도록 훈련 한다. "나는 당신이 당신일 수 있도록 내버려 두겠습니다." "나만 나처럼 살 수 있다." 얼마나 멋

아버지가 들려 주는 무대 위 행복

진 말인가? 이 세상에서 누가 나처럼 살 수 있다는 말인가? 우리에게는 포장할 이유도 숨을 이유도 뜯어고칠 이유도 없다. 있는 모습 그대로 제비꽃처럼 살면 된다.

진짜 장애는 마음의 장애

헝가리 부다페스트에서 선교사로 일할 때의 일이다. 크로아티아의 국립공원 폴리트비체 공원을 걷던 중, 다리 한 쪽만 있는 남자가 특수 제작한 목발을 짚고 산책하고 있는 모습을 보았다. 흰색 티셔츠에 파란 바둑 판 무늬 반바지에 허리에는 가방을 두르고 손에는 특수 장갑을 끼고 있었다. 회색 모자에 햇볕에 익은 듯 불그레한 수염이 덮인 그의 얼굴에는 미소가 가득했다.

그는 그런 차림으로 산길과 언덕길, 호수 길과 비탈길, 계곡 길과 꽃길, 폭포수 길을 지금껏 걸어왔다고 했다. 목발을 짚은 채로 말이다. 상기된 얼굴의 그 남자는 우리가 인사를 건네자 미소로 응답했다. 불편한 몸을 가졌음에도 불구하고 그의 얼굴에는 평온함이 있었다. 사고 후에도 그는 좋아하는 여행을 계속 하고 있다고 했다.

비록 한발로 걸어가는 그였지만 얼굴엔 긍지라는 두 글자가 쓰여 있는 것 같았다. 우리 가족은 잠시 그의 친구가 되어 동행하는 기쁨을 누렸다. 폭포수의 옥색 빛깔을 보면서 그 친구와 나란히 걸을 때 하나로 연결되는 느낌을 받았다. 그런 느낌 때문인지 물속의 물고기도 응원행렬을 만들어 우리를 따라 오는 것 같았다. 다른 나라에서 온 사람들도 우리가 나란히 걷는 모습을 보고 흐뭇한 표정을 지어보였다. 한참을 동행하다 갈림길에서 기념사진을 찍고 각자의 길을 갔다. 그와 헤어지고도 함께 걸으면서 나눴던 이야기를 생각하니 다시 기분이 좋아졌다. 잠시였지만 그의 산책길에 친구가 되어주길 잘했다고 생각했다. 그는 말없이 우리에게 귀중한 메시지를 던져주고 갔다. 열정이 있는 사람은 육체적 불편 따위는 아무 문제가 아니라는 것을, 마음에 열정이 사라지고 부정적 자아상이 자리 잡고 있는 것이야말로 가장 큰 장애라는 것을 그는 나에게 확인해 주었다.

내부의 목소리에 귀를 기울여라

우리는 각각 독특한 존재로 창조되었다. 다른 누군가를 흉내 낼 필요가 없다. 그런데도 항상 누군가를 흉내 내는 습관에 빠져 오히려 갖고 있던 자신만의 개성까지 상실하고 만다. 세상에서 나는 단 하나 밖에 없는 존재이며, 오로지 나만 나처럼 살 수 있다는 자신감을 가지고 자신을 '걸작'으로 여길 필요가 있다. 자신만의 경주에서 최선을 다하면 그것으로 충분하다. 굳이 모든 사람을 만족시키려 애쓸 필요는 없다. 다른 사람의 시선을 의식하며 살 필요도 없다. 의외로 많은 사람들은 무의식적으로 다른 누군가의 틀에 맞춰야 한다는 강박관념에 빠져 산다. 그럴 필요 없다. 또 남이 내 뜻에 맞춰 살지

아버지가 들려 주는 무대 위 행복

않는다고 화낼 이유도 없다. 하나님께서 창조하신 다양성의 원리에서 자신만의 색깔로 살아가면 그만이다.

사람이 누군가의 흉내를 내며 살려고 하는 것은 자기에 대한 확신이 부족해서이고, 그것은 자신을 제대로 사랑하는 법을 몰라서이다. 사람은 자기를 있는 그대로 인정하고 사랑할 수 있을 때 남도 있는 그대로 받아줄 수 있고 사랑할 수 있다. 내가 파란색이면 파란색인 대로, 보라색이면 보라색인 대로 인정하고 사랑하면 된다. 또 내가 내 색깔로 살아가려고 하는데 어려움을 만날 수도 있다. 그 어려움이 나 혼자만의 힘으로 해결하기 어려울 경우, 주변 사람들에게 방법을 묻는 것도 현명한 일이요 도움을 받는 것도 지혜로운 행동이다. 물론, 최종 결정은 본인이 해야 한다. 지혜로운 사람은 어떤 일을 결정할 때 자신의 내적 판단 비중을 75%로 하고, 외부 의견을 25%로 설정한다.

모든 인간관계의 문제는 사랑의 결핍

독일 정신과 의사 한스 요하임 마르츠 박사는 현대사회에서 발생하고 있는 부정적 인간관계가 모두 사랑의 결핍에서 비롯되었다고 하였다. 사람에게 사랑이 필요한 까닭이 여기에 있다. 그의 말에 따르면, 사랑은 모든 막힌 인간관계를 풀 수 있는 마스터키다. 사도 바울 또한 말 많고 탈 많고 소음이 끊이지 않았던 고린도교회를 향해 그 모든 문제를 잠재울 수 있는 방안으로 사랑을 제시하고 이렇게 말했다. "그런 즉 믿음, 소망, 사랑, 이 세 가지는 항상 있을 것인데 그 중에 제일은 사랑이라(고전 13:13)." 누구에게나 사랑은 필요한데, 그 사랑의 절대 분량을 사람을 통해서만 채우려고 해도 빈 공간이 생긴다. 채울 수 있는 사랑이 따로 있다. 이에 성 어거스틴은 "모든 인간의 마음에는 하나님만이 채울 수 있는 빈 공간이 있다"고 하였다.

사랑은 의지로 하는 행위가 아니라 자연스럽게 흘러넘치는 행위다. 내 안에 사랑이 가득 차 있으면 어디로든 흘러넘치게 되어 있다. 그런데 내 안의 사랑이 고갈되면 자연스러운 사랑이 아니라 의지를 동반한 사랑, 사명감이나 스스로 강요한 사랑이 될 수 있다. 이것이 사역자들에게서 나타날 수 있는 오류들이다. 제럴드 실처는 『사랑의 짐』에서 이렇게 말한다. "섬기는 이들은 스스로 자신감이 없다는 자신감에 차기 쉽습니다. 혜택을 베풀고 받는 와중에서 짐짓 겸손한 척하면서도 실제로는 오만한 마음을 품는 겁니다. 그런 관계는 의존성을 키우고 분노를 쌓고 계속 무기력한 상태로 묶어놓기 십상입니다. 공동체 안에서 섬김이 이루어진다면 진정성을 가지고 한다는 것이 중요합니다." 섬기는 행위가 곧 자신을 드러내는 행위가 될 수 있다는 뜻이다.

베풀어 놓은 사랑은 또 어느 때에 되돌아온다. 사도바울도 순환의 법칙을 말하였다. "지금 이때에 아마도 여러분의 풍성함이 다른 사람의 부족함을 채워주고, 그들의 풍성함이 여러분의 부족함을 채워주어, 서로간에 균등이 이루어질 수 있기를 나는 바랍니다(고린도후서 8장14절 현대어성경)."

02

성공마인드를 가져라

진정한 부자는 관계의 부자

엠제이 드 마코는 그의 책 『부의 추월차선』에서 진정한 부는 물질적인 요소인 소유물이나 돈, 또는 물건이 아니라고 말한다. 그가 말하는 진정한 부의 3요소는 '3F' 즉 가족[Family, 관계], 신체[Fitniss, 건강], 자유[Freedom, 선택]이다. 그는 3F가 충족되어야만 진정한 부와 행복을 얻을 수 있다고 강조한다. 그러나 세상은 여전히 물질적인 요소로 행복을 채우라고 말한다. 그 가치관에 세뇌된 사람들은 돈과 명예가 있어야만 성공한 것으로 인정을 받을 수 있다고 생각하며, 생각의 근원지가 어디인지도 모른 채 그저 맹목적으로 살아간다. 또 그것을 얻기 위해서라면 양심의 범위를 넘어서는 일이라도 서슴치 않는다. 그래서 이들이 추구하는 행복은 다분히 물질중심이고 쾌락

아버지가 들려 주는 무대 위 행복

중심이다. 정확히 말하자면 부정적인 욕구이다.

당신은 누릴 자격이 충분하다

요셉은 이집트의 국무총리가 되었을 때 지위에 따른 영화와 부귀를 사양하지 않았다. 그것은 정당한 권리였다. 다만 자신의 형통을 자신만을 위한 도구로 사용하지 않고 많은 생명을 구하는 데 사용하였다. 요셉이 그렇게 할 수 있었던 것은 그가 가진 자아상 때문이었다. 이미 꿈을 통해서 자신이 어떤 존재이고, 어떤 인생을 살 것인지를 미리 보았던 것이다. 그래서 비록 보디발의 집에서 종살이할 때도, 옥살이할 때도 자아상은 흐려지지 않았다. 그런 까닭에 구김살 없이 살았고, 국무총리의 자리에 앉았을 때도 오만방자하지 않았으며, 스스로 그 자리를 어색해 하지 않았다. 그에게 베풀어 주는 특권을 모두 누렸다. "바로가 또 요셉에게 이르되 내가 너로 애굽 온 땅을 총리하게 하노라 하고 자기의 인장 반지를 빼어 요셉의 손에 끼우고 그에게 세마포 옷을 입히고 금 사슬을 목에 걸고 자기에게 있는 버금 수레에 그를 태우매 무리가 그 앞에서 소리 지르기를 엎드리라 하더라. 바로가 그로 애굽 전국을 총리하게 하였더라(창41:41~43)."

당신의 자아상을 점검해 보아라. 그리고 거부가 되는 자아상을 가져라. 천국의 시민권자요, 후사로서의 자아상을 소유하자. 부정적인 자아상, 가난하고 빈곤한 자아상을 벗어 버리고 ,긍정적인 자아상,

풍성한 삶을 사는 자아상을 그리자. 우리의 자아상은 베드로전서 2장에서 분명히 밝히고 있다. "너희는 택하신 족속이요 왕 같은 제사장들이요 거룩한 나라요 그의 소유가 된 백성이니 이는 너희를 어두운 데서 불러내어 그의 기이한 빛에 들어가게 하신 이의 아름다운 덕을 선포하게 하려 하심이라(벧전 2:9)." 어떤 자아상을 갖고 살 것인지는 오롯이 본인의 몫이다. 어느 누구도 대신 결정해 주지 않는다. 심지어 하나님조차도 대신하지 않는다.

부자가 되려면 부자의 마인드를 가져라

로버트 기요사키는 『부자 아빠 가난한 아빠』에서 "금융 IQ를 깨우라."고 강조한다. 그들은 수많은 강연을 통해서 사람들에게 높은 수익률과 낮은 수익률, 안정된 투자와 위험한 투자에 대해서 상세하게 가르쳐주고 있다. 그리고 아이들에게도 돈의 원리를 깨우치게 하여 부자가 되는 법을 가르치라고 한다. 그가 강조하는 것은 금융 IQ를 깨우치라는 것이다. 금융지식 없이 자신의 인생을 직장에만 의지하지 말고, 자신들의 돈을 영리하게 관리하라고 제시한다. 그는 많은 사람들이 자신의 자녀들에게 돈 다루는 법을 가르치지 않았기 때문에, 그들이 성인이 된 후에도 부자로 살지 못하고 돈의 노예인 가난뱅이로 산다고 말한다. 돈은 버는 방법보다 돈을 번 후에 관리하는 법이 더 중요하고 가치 있게 쓰는 것이 더 중요하다.

성경 마태복음 25장에는 달란트 비유가 나온다. 주인이 타국에 가면서 종들을 불러 각각 재능대로 한 사람에게는 금 다섯 달란트를, 한 사람에게는 두 달란트를, 마지막 한 사람에게는 한 달란트를 주고 떠났다. 주인이 오랜 후 돌아와 결산을 하는데, 다섯 달란트 받은 사람은 두 배의 이윤을 남겼다. 두 달란트를 가진 사람도 두 달란트를 남겨 두 배를 남겼다. 두 사람에게는 "잘 하였도다 충성된 종아 적은 일에 충성하였으니 많은 것을 맡기리라"며 칭찬한다. 마지막 한 달란트 받은 사람은 묻어놓고 현상유지를 했다. 주인은 "악하고 게으른 종"이라며 강하게 질책을 했다. 그가 질책을 당한 것은 쓰지 않아서이다. 다섯 달란트와 두 달란트를 받은 사람은 바로 가서 장사로 돈을 불렸지만, 한 달란트 받은 사람은 그렇게 하지 않았다. 즉 그는 돈을 활용하는 법을 몰랐던 것이다.

미국의 마틴 루터 킹 목사는 '삶에 있어 가장 중요한 것은 타인을 위한 삶'이라고 했다. 이윤을 남긴다는 것은 자신은 물론이고 타인을 풍요롭게 하는 삶이다. 성공해야할 이유가 여기에 있다. 열정은 성공을 부르지만, 성공의 결과는 베풀고 나누는데 있다. 베풀고 나누기 위해서라도 반드시 성공해야 하고, 그러기 위해선 열정을 가져야 한다.

이미 모든 것은 지급되었다

어떤 가난한 사람이 배를 타고 여행을 하고 있었다. 겨우 승선권을 마련한 남자는 식사시간이 되면 혼자 한적한 곳에서 치즈와 비스킷만으로 식사를 대신했다. 그러면서 그는 식당에서 맛있는 음식을 먹고 있는 사람들을 못내 부러워했다. 식사 때마다 혼자 치즈와 비스킷을 먹는 모습을 지켜보던 한 사람이 그에게 물었다. "왜 식사 때마다 혼자서 치즈와 비스킷을 드시나요? 그러지 말고 연회장에 들어와서 우리랑 같이 드시지요."그러자 남자는 얼굴이 빨개지면서 대답했다. "솔직히 말씀드리자면 저는 승선권도 겨우 샀습니다. 좋은 음식을 먹을 형편이 안 됩니다." 그러자 상대편은 눈을 동그랗게 뜬 채, 고개를 갸우뚱거리며 말했다. "선생님! 승선권에는 음식 값까지 포함되어 있습니다. 정말 그것을 모르셨다는 말씀입니까?"

이 사람처럼 많은 사람들은 하나님이 우리 인생에 필요한 비용을 이미 지불하셨다는 사실을 몰라서 믿음으로 주신 복을 제대로 누리지 못한다. 이들은 천국으로 향하는 배에는 탔지만 복을 누릴 권한이 승선권에 포함되어 있다는 사실을 모른다. 다소 기복적이라고 말할 수도 있겠지만, 신앙의 기본은 복일 수밖에 없다. 영혼의 구원도 약속하셨지만 이 땅에서의 풍요로운 삶도 약속하셨기 때문이다. 그리고 이미 그 값은 지불되어 있다. 믿음의 연회에는 기쁨과 용서, 회복, 평화, 치유 등 우리에게 필요한 모든 것이 가득하다. 우리는 필요할 때마다 식탁에 앉아 하나님이 예비한 복을 먹기만 하면 된다. 구석에 쪼그리고 앉아 치즈와 비스킷을 먹는 신세에서 어서 빨리 벗어나야한다.

아버지가 들려 주는 무대 위 행복

03

행복은 마음가짐에 달렸다

모든 일은 자신에게 달려 있다

성공하고 실패하는 사람의 차이는 자신에게 달려있다. 성공하는 사람들은 일이 잘되지 않더라도 끝까지 포기하지 않는다. 실패하는 사람들은 도중에 쉽게 포기한다. 포기하는 것은 자신의 능력이나 가능성을 스스로 믿지 못하기 때문이다. 그런 사람은 "포기는 배추 셀때나 필요한 말이다."라는 말을 되뇌며 보다 적극적으로 살 필요가 있다. 그렇게 열심히 살면 자아상도 긍정적으로 따라온다. 긍정적인 사고의 중요성은 역사에서 이미 여러 사람에 의해 자주 증명되었다. 누구나 무한한 가능성을 갖고 있다. 이루고자 하는 꿈에 전력을 다하면 마침내 실현할 수 있다.

로마의 황제 마르쿠스는 "인간의 일생은 그 인간이 생각한 대로 된다."라고 말했다. 19세기 미국의 대철학자인 랄프 왈도 에머슨은 "인간의 일생은 그 인간이 하루 종일 생각하는 그대로 된다."라고 말했다. 자동차 왕 헨리 포드는 "된다고 생각하든 되지 않는다고 생각하든 모두가 맞는 말이다. 왜냐하면 어느 쪽이든 생각한 대로 결과가 나오기 때문이다."라고 했다. 성공과 실패는 외부의 조건이 아니라 어떤 자아상을 가졌느냐에 달려 있다는 뜻이다.

성공하는 사람들은 잘 듣는 사람들이다. 잘 듣고 깨닫는 사람은 지혜로운 사람이다. 사람에겐 지혜가 필요하다. 그래서 지혜의 왕 솔로몬은 아들에게 지혜로워질 것을 권면하며 잠언을 기록하면서 그 목적을 이렇게 말하고 있다 "지혜와 훈계를 알게 하며 명철의 말씀을 깨닫게 하며 지혜롭게, 공의롭게, 정의롭게, 정직하게 행할 일에 대하여 훈계를 받게 하며 어리석은 자를 슬기롭게 하며 젊은 자에게 지식과 근신함을 주기 위한 것이다."

마음도 장치이기 때문에 조절가능하다

프로이트는 인간 마음의 8할을 차지하고 있는 것이 잠재의식이며 그것이 인간의 운명을 조절하는 장치라고 하였다. 프로이트가 마음이라는 용어 대신에 장치라고 표현한 것은 조절이 가능하다는 뜻이기도 하다. 의사이자 심리학자인 맥스웰 마르츠 박사는, 이 장치를 성공으로 작동하면 성공으로 드러나고 실패를 지시하면 실패로 드

아버지가 들려 주는 무대 위 행복

러난다고 말했다. 이 말은 비록 부정적인 자아상을 가졌던 사람도 성공 이미지를 그리는 쪽으로 계속 에너지를 사용하면 생각이 바뀌고 인생이 바뀌게 된다는 뜻이다. 그래서 미국의 근대 심리학자인 윌리엄 제임스(William James)는 "의심스러운 것을 앞에 두었을 때 성공을 손에 넣는 유일한 조건은 그것이 가능하다고 믿는 것이다. 거기에 필요한 어떤 자질을 얻고 싶다면 이미 그것을 자기가 습득한 것처럼 생각하라."라고 했다.

프랑스의 철학자 에밀 아란은 "목표를 세우고 또한 그것을 향해서 창의적으로 연구하는 것이 최고의 행복이다."라고 했다. 누가복음 9장에는 "손에 쟁기를 잡고 뒤를 돌아보는 자는 하나님 나라에 합당치 아니하니라 하시니라."고 말하고 있다. 이들 말씀처럼 목표를 세우고 전진하면 생각과 행동도 다 따라오게 되어 있는 것이다.

누구나 한 번뿐인 자기 인생을 최고의 것으로 만들고 싶다고 생각한다. 당신 자신도 예외가 아니다. 다행히 당신에게는 무한한 능력과 가능성이 있다. 자신의 성공은 자신이 할 수 있다고 믿고 얼마나 최선을 다하는지에 달려있다. 모든 결과는 자신에게 달려 있다. 나다움을 찾는 것이 최고의 삶이다.

사람을 대하는 직업을 가진 사람들은 감정적인 전염에 노출되어 있다. 늘 부정적이고 어두운 이야기를 듣는 심리치료사나 상담자는 이런 위험에 더 많이 노출되어 있다. 그래서 이들은 적절한 균형을 유지하는 법을 익혀둘 필요가 있다. 이에 마크 스텝니키는 『감정이입 피로증후군』에서 분석심리학자 칼 융의 사례를 들어 설명하고 있다. "칼 융은 피로증후군에 대한 이해를 지녔던 것으로 보인다. 그는 내담자들과 심리치료 회기 과정에서 수많은 시간을 보낸 이후의 치료사들은 정신, 신체 그리고 영의 재균형을 확립하는 일이 매우 중요하다는 것을 알았다. 또한 심리치료사들은 마음 또한 좋은 쪽으로 상상하고 목표를 제시하면 정신과 육체 모두 그 지시를 따라 움직인다는 것을 알고 스스로에게 적용하고 있었다." 즉 심리치료사들은 내담자와의 만남 이후에 자신의 내적 균형을 맞추고 재정비하였던 것이다.

마음을 고쳐 먹어라

맹금류인 독수리와 솔개는 대략 수명이 40여년 정도 된다. 그런데 70여년까지 사는 맹금류가 적지 않다. 그 차이는 환골탈태의 과정을 거쳤느냐 거치지 못했느냐에 달려 있다. 40년을 산 독수리나 솔개는 털이 빠지고 부리도 닳고 발톱도 굽어 먹이를 낚아 챌 수가 없다. 날개에도 힘이 빠져 창공을 차고 오를 수 없다. 그 때 독수리나 솔개는 그대로 죽을 것인지 아니면 뼈를 깎는 환골탈태의 과정을 거칠 지를 선택한다. 환골탈태의 기간은 대략 150일 정도가 필요한데, 정말 완전히 죽었다가 다시 부활하는 과정이나 다름없다. 환골탈퇴를 하기 위해서는 먼저 산꼭대기나 절벽에 자리를 잡는다. 그러고는 부리를 바위에 쪼아 깨져 떨어져나가도록 한다. 그 다음에는 새로 돋아난 부리로 굵어지고 휘어진 발톱과 온 몸의 깃털을 다 뽑아낸다. 그러고 나면 새 발톱이 돋아나고 새 깃털이 돋아나는데, 150여 일이 지나고 나면 완전히 거듭난 독수리(솔개)로 부활한다. 자기효능감은 물론 자존감도 제대로 형성되지 않아 인생이 별 볼일 없다고 느끼는 사람은 독수리의 환골탈태를 직면할 필요가 있다.

예전의 심리학은 주로 '결정론'이 많았다. 어떤 결정적인 시기에 발달과업을 형성하지 못하면, 평생 그 부분이 펑크 난 채로 살 수 밖에 없다고 단정하였다. 그런데 다행스럽게도 최근에 이르러 그런 이론들이 꽤 많이 수정되고 있다. 살아가는 동안, 좋은 부모, 좋은 선생, 좋은 친구, 좋은 영적지도자, 좋은 배우자, 좋은 동료 등 좋은 사람과의 관계를 통해 사랑의 탱크를 채우면 자존감은 얼마든지 회복된다고 설명하고 있다. 그 대표적 이론들이 '회복탄력성[resilience]'과 '투기'이다.

무한한 가능성을 믿으라

"대저 그 마음의 생각이 어떠하면 그 위인도 그러한즉 그가 네게 먹고 마시라 할지라도 그의 마음은 너와 함께 하지 아니함이라(잠언 23:7)."

사람은 자기 생각의 한계를 넘어가지 못한다. 자기 생각을 따라 이해하고, 자기 생각을 따라 말하고, 자기 생각을 따라 살아간다. 우리의 행복과 불행은 생각의 결과이다. 마치 거미가 자기 몸에서 나온 거미줄로 거미집을 만드는 것처럼, 인간은 머리에서 나온 생각의 줄로 자신의 환경을 창조해낸다. 좋은 재료가 좋은 집을 짓듯 좋은 생각을 가져야만 행복한 삶을 창조할 수 있다. 좋은 생각을 하려면 긍정적 자아상을 바탕에 두어야 한다. 긍정적 자아상이란 그 존재만으로 충분히 귀중한 존재임을 인정할 때 생성된다.

건강한 자아상을 가진 사람은 자기의 무한 가능성을 믿는다. "마치 사람이 자기 채소밭에 갖다 심은 겨자씨 한 알 같으니 자라 나무가 되어 공중의 새들이 그 가지에 깃들였느니라(눅 13:19)"라는 말씀처럼 겨자씨만한 믿음이라도 그 가능성은 결코 작지 않다.

베네수엘라는 1979년 세계 최초로 정부에서 지능개발 관련 부서를 신설하고 초대 장관으로 루이 알베르토 마캐도를 임명했다. 정부가 그를 초대 장관으로 임명한 것은 가능성을 보는 시각을 가졌기 때문이다. 그는 이렇게 말했다. "나는 천재 아동이란 말을 믿지 않는다. 누구나 나면서 천재가 될 소질을 가지고 있다."그는 그것을 실제로 증명해 보였다. 아마존 원시림에 사는 35명의 인디언 아이들에게 10주 동안 바이올린을 가르치게 하였다. 그 때 강사는 일본의 유명한 바이올린 연주자였다. 그는 음악 이론을 가르치기 전에 바이올린

아버지가 들려 주는 무대 위 행복

을 다루는 방법부터 가르쳤다. 그런데 놀랍게도 10주가 지났을 때, 일반 교육을 전혀 받지 못한 원시림의 어린이들이 베토벤이나 하이든 같은 어려운 곡을 국립 청소년 오케스트라와 협연한 것이었다. 인간 내면에는 보이지 않는 자아가 있어 얼마든지 위대하게 성장할 수 있는 잠재력을 가지고 있다는 것을 증명해 보였다. 창조주께서 주신 무한 가능성의 원천을 깨닫는다면 우리도 정말 위대한 일을 할 수 있다.

설정한 크기만큼 부자가 된다

부자들의 집을 방문할 기회가 있다면 그 집안을 자세히 관찰을 해 보라. 규모와 짜임새가 있고 정원도 잘 꾸며져 있으며 전망도 좋다. 그들은 그 좋은 환경에서 사는 것을 부를 통해 얻은 정당한 권리라고 여긴다. 자기는 그것을 누릴 충분한 자격이 있다고 느끼는 것이다. 엠제이 드마코의 『부의 추월차선』에 의하면 이러한 태도는 부의 추월차선을 탄 사람들의 전형적인 특징이다. 좋은 집을 가진 사람의 마음이 그렇다면, 온 세상과 우주의 주인이라는 믿음을 가진 사람은 어떨까? 그는 이미 세상에서 가장 부요한 자이며, 온 세상과 우주의 중심에 서 있는 사람이다. 그에겐 온 세상이 자신의 정원이다. 세상의 모든 초목이 다 자기를 위해서 존재하며, 바다와 온갖 물고기도 자신을 위해 존재한다고 여긴다.

이런 마인드는 거부가 되기 위한 기초 작업이다. 물리적 부자가 되기 위해서는 마음부터 부자가 되어야 한다. 마음이 부유한 사람이 되려면 건강한 자아상을 가져야 한다. 사람은 대체로 자신의 자아상이 설정한 삶의 범위 이상을 넘어서지 못한다. 그래서 부가 주어져도 관리를 못하고 도리어 인생이 망가진다. 복권에 당첨된 사람들의 말로를 보면 알 수 있다. 복권을 통해 얻은 돈의 크기와 자아상의 크기가 맞지 않아 굴러들어온 부를 관리하지 못하는 것이다.

자동차는 그 사람의 레벨로 평가되기도 한다. 대부분의 사람들은 자신의 자아상 이상의 차를 타지 못한다. 좋은 차를 타면서도 남들의 시선을 의식하거나 스스로가 불편하다고 느끼면 그 차를 제대로 타지 못한다. 그 차를 타고 있다 할지라도 누리지 못하기 때문에 차를 타고 있는 것과 다름 아니다. 그 차를 탈만한 자격이 있다고 스스로가 느낄 때 그 차는 비로소 내 차가 되는 것이다. 혹시 새 차를 산 후 다른 사람들 눈이 두려워서 일부러 주차장 한쪽 구석에 세워 놓거나, 새 차 티가 나지 않게 일부러 닦지 않고 다녔던 적이 있는가? 만약 그랬다면 그 또한 자아상이 설정한 결과이다.

거듭 말하지만, 새 차를 타고 큰 집에서 살아야만 행복한 것이 아니다. 행복은 집의 크기나 차의 크기에 결정되는 것이 아니다. 어떤 이들은 큰 집에서 살 수 있음에도 불구하고 선교 또는 특별한 목적을 위해 작은 집에서 살기도 한다. 또 고급차를 탈 수 있는 형편이라도 일부러 작은 차를 타면서 선한 일을 하는 분들도 많이 있다. 좋은 차를 타면서도 정당한 권리라면 누릴 줄 알아야 한다. 좋은 차 대신 작은 차를 타더라도 정당한 목적이 있다면 행복에는 아무런 문제가 없다. 그것을 결정하는 것이 자아상이다.

목표의 크기를 키워라

어떤 세일즈맨이 한 달에 3천 달러 버는 자아상을 가졌다고 하자. 그 사람은 자아상을 바꾸지 않는 한 3천 달러 이상의 돈을 벌지 못한다. 물건을 더 팔 수 없어서가 아니다. 그는 일단 3천 달러의 수입이 들어오면 더 이상 일을 하지 않기 때문이다. 3천 달러 이상의 돈이 들어오면 그것을 낭비해 버리기도 한다. 오로지 3천 달러의 돈만 가지고 산다. 그 이유는 자신의 자아상에 해당하는 돈만 소유하기를 원하기 때문이다.

만약 그 사람이 더 많은 수입을 얻기 원한다면 먼저 자신의 자아상을 바꾸어야 한다. 더 많은 수입을 얻어서 자신의 필요를 채울 뿐 아니라, 남는 돈으로 어려운 이웃을 도와주는 자아상을 소유한다면 그의 수입은 변화 될 수 있다. 즉 3천 달러를 번 후 더 많은 돈을 벌기 위해 노력하게 될 것이며, 남은 돈으로 어려운 이웃을 도와주며 이전에 경험하지 못했던 행복을 느낄 수 있을 것이다.

이즈미 마사토의 책『부자의 그릇』에서는 이렇게 말한다. "돈은 그 사람을 비추는 거울이야. 돈은 사람을 행복하게도 하지만 불행하게도 만들어. 때로는 흉기가 되어 돌아오기도 하지. 돈 자체에 색은 없지만 사람들은 거기에 색을 입히려 해."

혹 당신을 둘러싼 환경을 보고 불평하고 있는가? 그것들이 다른 사람의 탓이라고 여기는가? 부모나 사회의 제도를 탓하는가? 세상이 어수선하고 불경기라서 그렇다고 여기는가? 그러나 냉정히 따지고 보면 그것은 당신이 만든 자아상의 눈으로 보는 모습일 뿐이다.

Point

사람은 자기 생각의 한계를 넘어가지 못한다. 자기 생각을 따라 이해하고, 자기 생각을 따라 말하고, 자기 생각을 따라 살아간다. 우리의 행복과 불행은 생각의 결과이다.

04

치유의 근원

상처 입은 치유자이신 그리스도

그리스도는 한번 상처를 경험한 치료자이고 완전히 이해하는 분이기 때문에 이 세상을 떠나실 때에 주님을 좇는 사람들을 홀로 두지 않으시겠다고 약속하셨다. 상한 심령을 가진 사람들에게는 다음과 같은 복음의 기쁜 소식이 있다. 그리스도께서는 우리의 연약함을 담당하셨다. 이는 우리가 선해서가 아니라 우리가 선을 이루기 위해서 그의 사랑과 그의 용납하심이 필요하기 때문이다.

그 분은 끊임없는 임재하심과 능력을 통해서 우리가 모든 것을 할 수 있게 하신다. 이 얼마나 기쁜 소식인가! 지금도 우리를 초대하신다.

하나님은 무조건적이고 용납하는 사랑을 우리에게 주셨다. 그 분의 아들은 직접 상처를 경험한 적이 있는 치료자로서 우리의 죄와 우리의 연약함을 이해해 주신다.

중보자이신 자신이 유혹을 받으셨고, 우리의 연약함에 대한 사실을 이해하실 뿐 아니라 우리의 연약한 감정까지도 이해하신다. 단순히 나약함, 정서적인 문제들, 그리고 내적인 갈등뿐만 아니라 그것들로 인한 아픔까지도 이해하신다. 좌절감, 근심, 우울한 감정, 상처, 소외당한 느낌, 고독감과 고립감 그리고 거부감을 이해하신다.

우리가 무서운 고독감이나 병적인 공허감과 싸우고 있을 때, 심한 우울증 증상을 경험할 때, 고통의 수렁에 빠져 있다는 것을 자신이 알고 있을 때는 기도하기가 가장 힘이 들 것이다. 그러한 때에는 우리가 하나님의 임재하심을 느끼지 못하기 때문이다. 분명한 것은 그가 아시고 이해하시며, 우리의 연약함을 느끼신다는 것이다. 그는 자신이 그것을 경험하셨기 때문에 우리와 함께 우리의 모든 감정을 나누실 수 있다. 힘들 때 상처 입은 치유자를 만나면 회복이 된다.

한 번 상처를 경험한 바 있는 우리의 치료자는 상처를 받은 우리 속에 일어나는 감정들을 스스로 경험하셨다. 그는 우리의 마음을 상하게 한 그 문제들을 친히 공감하시기 때문에 그것을 이해하며 고치기를 원하신다.

우리가 느끼는 어떤 감정이든지 이미 모두 경험하셨기에, 우리가 가장 비참한 가운데서 배척당하고, 버림받고, 우울증을 앓으며 두려움과 공포와 근심을 통과할 때에도 예수께 나아갈 수 있는 것이다. 우리의 마음을 이해하실 뿐 아니라 우리를 치유하기 원하신다는 것을 알고 확신을 가지고 담대히 나아갈 수 있다.

우리를 홀로 두지 않으신다

그는 우리를 고아와 같이 홀로 내버려두지 않으신다. 예수께서는 성육신하여 인간의 모든 것을 경험하셨다. 자신을 우리의 인간성과 완전히 동일시하셨고, 특히 십자가에서 그는 우리의 모든 감정들을 스스로 경험하셨다. 그리고 우리의 연약한 감정들을 짊어지셨다. 우리는 이제 그것들을 홀로 지고 가지 않아도 된다. 보혜사, 돕는 자로서 스스로 우리의 모든 경험 속에 들어오셔서 자신을 온전히 우리와 함께 나누신 분이다. 이것이야말로 우리에게 소망과 치유의 근거를 마련해 주는 확실한 약속이다.

우리의 연약함을 아시고 보살피실 뿐 아니라, 온전히 우리의 연약함을 이해하신다는 사실이야말로 우리의 손상된 감정들을 치료하는 데 있어서 가장 중요한 요소가 된다.

사람들이 가지고 있는 문제 중에는 영적 차원에서의 고침이 필요한 경우가 있기에 특별한 기도가 필요하다. 성경이 말하는 '연약한 부분'이 있기 때문이다. 나무가 해마다 성장한 기록은 나이테에 저장되듯, 모든 사람은 자기 삶의 나이테가 그 마음에 새겨져 있다. 그

나이테에는 오래 되고 깊은 상처도 더러 있다. 겉으로 쉽게 표현할 수 없는 고통과 분노를 유발시키는 깊은 상처들은 성결케 되는 과정 중에 있는 것이다. 오히려 나이테에 저장된 그 상처들이 영적 성장을 방해하는 요소가 되기도 하고, 그것으로 인해 건강한 영성을 갖기보다 병리적이고 강박적인 영성을 형성할 위험도 다분하다.

특히 인격에까지 깊은 손상을 입은 정서적인 문제들은 쉽게 낫지 않는다는 점을 무엇보다도 빨리 이해하는 것이 필요하다. 그리하여 스스로가 자신을 학대하지 않고 오직 성령님께서 특별한 방법으로 우리의 상처들과 혼동된 상태들을 고치실 수 있도록 맡겨야 한다.

상처입은 감정의 특징과 치유

상처 입은 감정의 특징 중 하나는 자신의 가치를 인정하지 않는다는 것이다. 자신을 부적합하게 여기며, 열등감에 빠져 살면서 늘 근심을 안고 산다. 이런 사람들은 인정을 갈구하는데, 늘 사람들로부터 인정을 받기 위해 안간힘을 쓰고 자신이 옳다는 것을 증명하려 한다. 스스로 만들어 놓은 삶의 무게에 짓눌려 자신이 와해되는 상태에까지 이르기도 한다.

상처 입은 감정은 밑 빠진 독 같은 삶의 태도를 갖게 한다. 남의 인정과 칭찬에 지나치게 예민하고, 끊임없이 자신을 인정해 줄 것을 요구한다. 심지어 주변 사람들이 인정해 주어도 늘 부족하다고 느낀다. 겉으로는 인정을 갈구하지 않는 태도를 보이기도 하지만, 실상은 다른 사람의 언행에 아주 민감하다. 그리고 인정해주지 않는 대상을 향해서는 공격성을 발동한다.

또 실패에 대한 두려움에 사로잡힌다. 이런 종류의 상처 입은 감정을 지니고 있는 사람들은 인생의 경주에서 실패할까봐 두려운 나머지 아주 간단한 돌파구를 찾게 된다. 경주에 절대로 나가지 않는 것이다. 그리고는 갖가지 변명과 불평을 늘어놓는다. 이런 사람들은 자기가 원하는 것들을 결코 성취할 수가 없다. 두려움이 많은 사람들은 패배를 경험하는 사람들이며 우유부단한 사람들이다.

복음은 치유의 능력이다. 복음은 이러한 여러 가지 종류의 정서적 상처를 경험하고 있는 사람들에게 줄 메시지를 가지고 있다. 또 우리의 상처를 고치신다. 성령님께서 우리의 동반자와 상담자가 되시어 우리의 연약함을 고치시기 위해서 우리와 함께 이 일에 동참하시어 일하신다.

우리의 상처 난 감정들을 고치기 위해서는 다음에 제시하는 성경의 원리를 따라야 한다. "문제를 똑바로 직시하라. 어떤 문제든지 자신에게 책임이 있다는 것을 인정하라. 정말 고침을 받기 원하는지 자신에게 스스로 물어 보라. 문제에 관련되어 있는 모든 사람들을 용서하라. 자기 자신을 용서하라. 문제의 핵심이 무엇인지 또한 그것을 위해서 기도하라."

그리스도를 만나 인생을 바꾼 주일학교 교사

내가 상담을 공부할 때 정태기 교수님으로부터 들은 이야기다. 미국 인디애나 주 작은 도시 헤먼드의 한 교회에는 제니라는 선생님이 있었다. 주일학교 학생 수를 480명에서 3만 3천명 이상으로 늘린 교사다. 몰려온 아이들을 다 수용할 수도 없는 크기의 교회였다. 그런데 제니가 이끄는 교회학교 수업이 아주 훌륭하다는 소식에 헤먼드 시의회가 시내의 모든 학교 건물을 사용할 수 있도록 배려해 주었다. 주일학교를 교회에서 열지 않고 각 학교에서 운영한 것이다. 정교수님은 제니를 만나고 깜짝 놀랐다. '저 여자가 그 대단하다는 제니란 말인가?' 헤먼드 시는 물론이고 다른 도시의 아이들까지 주일학교로 불러들이는 그 여선생은 아주 못 생긴데다 뚱뚱한 외모를 지니고 있었다.

"미스터 정? 날 만나러 왔나요?"

악수하려고 손을 내미는 제니를 보면서 정교수는 또 한 번 놀랐다. 가까이서 보니 깨알 같은 주근깨가 얼굴 전체를 덮고 있었고, 지나치게 작은 키에 뚱뚱한 몸매하며 어디 하나 봐줄 만한 구석이라곤 없었다. 과연 이 여자의 어디에 아이들이 열광하는지 알 수가 없었다. 그녀 또한 한때 그런 자신이 너무 초라해서 중학교, 고등학교 시절에 세 번이나 자살을 시도했다고 했다. 그런데 그때마다 번번이 살아났다. 한 번은 약을 먹고 누워 있는데 잠들어 있는 줄 알고 어머니가 아버지에게 소곤거렸다. "여보, 우리 제니가 죽는다면 얼마나 좋을까요?"라고 하는 것이었다. 그녀는 부모에게도 쓸모없는 존재였던 것이다.

그러다 고등학교 시절 우연히 네비게이토 성경공부 모임에 들어가게 되었다. 회원들이 영과 육이 다 병들어 버린 그녀를 끌어안고 함께 기도하고 사랑으로 성경공부를 시작했다. 6개월 동안 12명의 기도그룹이 제니 하나를 두고 최선을 다해 기도해 주었다. 그 과정에서 제니는 소극적이고 비관적인 사람에서 적극적이고 낙관적인 사람으로 변했다. 자신감이 생기고 자신이 존귀한 사람이라는 것을 깨달은 것이다.

그 후 그녀는 교회에서 8명의 유치부 아이들을 맡아 가르치기 시작했다. 유치부 아이들은 자신의 선생님이 얼마나 예쁘고 미운가를 따지지 않았다. 아이들은 사랑으로 가르치는 제니에게 진심으로 따랐다. 그녀는 적극적으로 주일학교 교사직을 감당했다. 제니는 자신이 인정받고 있다는 사실을 느끼기 시작했고 잠들기 전 아이들의 이름을 불러가면서 기도했다.

"하나님, 내 사랑하는 아이들을 어떻게 하면 하나님이 원하시는 아이들로 가르칠 수 있을까요? 저에게 지혜를 주세요."

아침에 눈을 떠서도 똑같이 기도했다. 3년이 지난 어느 날, 그녀에게 놀라운 변화가 일어났다. 문득문득 번개처럼 기발한 생각들이 떠오르기 시작했던 것이다. 그리고 그 순간부터 주일학교를 잘 이끌어 갈 수 있는 아이디어들이 샘물처럼 솟아올랐다. 학교에 가는 동안에도 대여섯 가지의 아이디어들이 떠올랐고, 이후로도 계속해서 아이디어가 떠올랐다. 샤워 중이거나 대화 중에도 아이디어가 계속 생각났다. 심지어 하나님은 꿈을 통해서도 그녀에게 지혜를 주었다. 이런 식으로 하나님은 하루 24시간 내내 주일학교를 위한 영감을 주었다. 하루 이틀도 아니고 매일같이.

그렇게 부어주시는 지혜를 그때마다 기록해 두었다가 주일학교에 적용했다. 제니는 떠오르는 아이디어를 적었다는 노트 한 권을 보여 주었다. 노트에는 그야말로 깨알 같은 글씨로 주일학교에 대한 아이디어들이 적혀 있었다. 그런 노트가 집에도 몇 권 더 있다고 했다.

한때 그녀는 낮은 자존감의 소유자였지만, 하나님을 제대로 만남으로써 새로운 자존감을 가진 기적의 주인공이 되었다. 이전까지는 자신을 바라보는 주체가 자신이었지만, 하나님을 만난 후부터는 하나님의 시각으로 자신을 보기 시작했다. 하나님은 우리가 믿음을 갖는 순간, 그분의 '아들'로 입양해 주시기에 신분이 바뀐다. 하나님은 왕 같은 제사장이요, 그리스도의 정결한 신부라는 새로운 신분을 주셨다. 자존감의 거듭남이란 내가 나를 바라보는 관점에서 하나님이 나를 바라보시는 관점으로 바뀌는 것이다. 그래서 많은 심리학자들은 신앙을 가진 사람들이 비신앙인보다 훨씬 더 행복하다고 말한다.

아버지가 들려 주는 무대 위 행복

당신의 모든 상처,죄,허물은 지워졌다

이 세상에서의 삶은 용서와 은혜, 사랑에 대한 욕구이다. 이 욕구는 자연이나 인간의 구조에 적합하도록 마련된 것이다. 그것은 우리 몸의 세포 구석구석마다 그리고 모든 인간관계 속에 포함되어 있다. 우리는 은혜와 사랑과 용납을 경험하도록 만들어졌다.

용서받지 못한 자와 용서하지 않는 사람들은 죄책감과 원망하는 마음, 애쓰며 갈등 하는 것과 근심하는 마음의 네 가지 어려운 문제 가운데 빠진다고 한다. 이것들은 긴장감과 갈등 같은 모든 종류의 정서적 문제들을 낳게 한다. 정서적인 문제들의 원인은 무조건적인 은혜와 용서를 이해하지 못하고, 받아들이지 못하고, 생활에 적용시키지 못하는 것이다. 그리하여 무조건적인 사랑과 용서와 은혜를 다른 사람에게 나누어 주지 못하고, 그 결과 대인관계에 실패하게 된다.

또한 다른 사람들과 정서적 갈등이 생긴다. 용서를 경험하지 못한 사람들은 다른 사람을 용서하지 못한다. 그리고 용서하지 않기 때문에 다시 용서를 받지 못하는 악순환에 빠진다. 은혜를 체험하지 못한 사람은 다른 사람에게 은혜를 베풀지 못한다. 때때로 은혜롭지 못하게 표현함으로써 정서적 갈등과 단절된 대인 관계를 초래한다.

우리가 과거에 받은 모든 상처를 성경적으로 처리하는 방법이 있다. 하나님의 방법은 용서하는 것과 원망을 포기하고 항복하는데 그치지 않고 한 걸음 더 나아가게 하신다. 사랑으로 당신이 이전에 경험했던 상처들과 죄와 허물을 담당하셔서 그것들을 싸매시고 그의 사랑으로 변화시켜 주신다. 믿음으로 우리를 자유롭게 하셨기 때문에 우리도 다른 사람을 자유롭게 하며, 더 나아가서 은혜와 사랑을 행동으로 옮기게 된다.

Point

그리스도께서는 우리의 연약함을 담당하셨다. 이는 우리가 선해서가 아니라 우리가 선을 이루기 위해서 그의 사랑과 그의 용납하심이 필요하기 때문이다.

아버지가 들려 주는 무대 위 행복

05

낮은 자아상 치유

자기비하부터 멈추어라

일단 습관화된 자기비하부터 멈춰야 한다. 겸손과 교만과 자기비하를 구분해 보자. 있는 사실을 있는 그대로 받아들이면 겸손이다. 사실보다 과장되게 말하면 교만이다. 있는 사실보다 형편없이 낮게 말하면 자기비하다. 사람은 대체로 자신에게 점수를 주며 사는데 주로 외적인 조건들을 기준으로 삼는다. "내가 무엇을 할 수 있는가? 나의 외모는? 나의 학벌은? 다른 사람들은 나를 어떻게 평가하는가?" 하지만 낮은 자아상을 치유하기 위해선 외적인 조건이 아니라 존재 자체로 받아들여지는 경험이 필요하다. 그래서 인간의 관점으로 보는 것이 아니라, 하나님의 시각으로 우리 자신을 보아야 한다. 하나님께서는 우리가 아직 죄인 되었을 때에 독생자를 보내주심으로 우리에 대한 자신의 사랑을 확증하셨다(롬 5:8). 하나님은 지구상에 나 한 사람만 있다 할지라도 그분의 아들 독생자 예수그리스도를 보내주셨을 것이다.

그 사랑을 믿는다면 자신에 대하여 낮은 평가를 내릴 수 없다. 세상에 귀하지 않은 사람은 없다. 자신이 귀한 존재임을 안다면 다른 사람도 귀하게 여길 수 있게 된다.

다른 사람이 주는 사랑을 받아들여라

낮은 자존감에서 회복되는 방법은 남들이 주는 사랑, 관심, 칭찬을 그 자체로 받아들이는 것이다. 흔히 남들이 칭찬을 할 때 "아니에요. 별 거 아니에요."라는 식으로 표현하는데, 이것은 겸양이 아니라 자기비하다. 오히려 "그렇게 말씀해 주셔서 고맙습니다."로 받아야 한다. 사랑을 하는 것도 능력이지만 사랑을 받는 것도 능력이다. 자존감을 제대로 형성한 사람은 이 두 가지 능력을 다 가지고 있지만, 낮은 자존감의 소유자는 두 가지 다 가지기에 불가능하다. 그래서 평생 심리적, 정서적, 영적으로 배고픈 상태로 살아간다. 배고픈 사람은 짜증이 나기 마련이다. 늘 까칠하고, 화를 내고, 우울해 하면서 누군가를 죽이겠다고 하거나 자신이 죽겠다고 위협하는 존재가 된다.

우리를 향한 사랑과 수용을 낮은 자존감을 고치는 배후 역동으로 보는 것이 기독교 심리학계의 일반적 접근이다. 은혜를 통해 그분의 무조건적인 사랑을 경험하는 것은 건강한 자기개념을 갖기 위한 기반이다. 이것은 기독교만의 독특한 개념이다. 호의를 얻어내기 위해 우리가 할 일은 아무 것도 없다. 외모와 행위는 중요치 않다. 우리를 향한 사랑을 받아들이게 되면 우리도 자신을 사랑하게 된다.

이 개념을 깊은 차원으로 받아들이면, 삶이 변화되고 다른 누군가로부터 가치 있게 여김을 받는 존재라는 새로운 느낌이 생긴다. 사랑을 경험하면 변하지 않고는 배길 수 없다. 우리의 삶 특히 우리의 자존감에 혁명적인 변화가 일어나는 것이다. 그러나 이것은 문제의 일부분만을 다루는 것이다. 많은 사람들이 하나님의 사랑을 경험했지만 여전히 자신을 계속 싫어한다.

문제는 소중히 여김을 받는 경험을 하고 나서도 오랜 세월에 걸쳐 형성된 낮은 자존감이 잘 사라지지 않는 경우가 대부분이라는 점이다. 낮은 자존감의 문제는 우리의 정신에 깊이 뿌리를 두고 있다. 아주 어린 시절부터 자기왜곡과 자기거절의 기초가 쌓여왔기 때문에 이러한 기초가 바뀌려면 시간과 소화 과정이 필요하다.

그 한 가지 이유는 그들이 정말로 믿지 못하거나 그분이 공급하시는 것을 충분히 활용하지 못하기 때문이다. 다른 한편으로는 문제의 속성이나 성화 과정을 통해 문제를 다루시는 하나님의 방법 때문이다. 그러한 변화를 경험하는 것은 주는 사랑을 겸손하게 받아들인다. 사랑의 탱크가 채워진 사람 받아본 사람이 또 베풀게 된다. 그러면 대부분은 더 점진적인 성장이 일어난다.

진행중인 과정을 받아들여라

성격 중 어떤 부분은 즉시 발달되지만, 대부분은 과정과 성장의 결과로 발달된다. 자기혐오의 영역에서는 특히 더 그렇다. 하나님은 먼저 일하기도 하시지만 우리의 반응에 따라 일하기도 하신다. 그러므로 우리 쪽에서 변화하고자 하는 헌신된 마음과 자발적인 태도를 갖는 것이 계속해서 필요하다.

다른 정서적 문제와 마찬가지로 낮은 자존감을 다루려면 생애 초기의 몇몇 측면을 재구성하는 것이 필요하다. 어떤 성장 단계는 혁신적이고 즉각적으로 일어나지만, 대부분의 과정은 평범하고 고된 작업이다.

신약성경 어디에도 헌신한 순간부터 더 이상 어떤 문제도 없고 ,과거의 손상과 부적절감을 고칠 필요성이 전혀 없을 것이라고 강조한 곳이 없다. 바울은 "각 사람에게 나눠주신 믿음의 분량대로 지혜롭게 생각하라(롬 12:3)."고 말한다. 생각한다는 말은 노력한다는 뜻이다. 성화는 피와 땀이 요구된다. 우리를 제련하시는 하나님의 불은 때론 뜨겁고 불편하다. 그러나 하나님은 그의 백성들을 정결케 하기 위해 그렇게 일하신다.

아버지가 들려 주는 무대 위 행복

낮은 자존감을 고치려면 자신을 바라보는 태도를 효과적으로 재구성하는 일이 필요하다. 실패를 두려워하고 회피하는 태도에 쉽게 빠질 수 있다. 또 이상적인 모습을 너무 높게 잡아서 자신의 죄성과 도덕적 의무를 지나치게 의식할 수도 있다. 그렇게 되면 그리스도 안에서의 삶이 완벽하지 않다는 생각에 개인적으로 실패한 모든 것을 너무 과장하게 된다. 이러한 생각에 맞서 자신을 보호하지 않으면 자기혐오와 자기거절에 쉽게 빠지게 된다. 지금 여기 진행형이다.

사랑 받는 법도 배워라

낮은 자존감의 소유자가 되면, 사랑을 할 줄 모르거니와 사랑을 받을 줄도 모른다. 남들이 주는 호의와 사랑도 자신을 향한 공격으로 오인하고, 피해망상에 찌들어 살거나 호의를 베푸는 사람을 도리어 공격한다. 그 때문에 모난 사람이 되어 누구와도 관계를 잘 맺지 못한다. 성인이 되어 연애를 할 때도 관계의 단절을 경험하기 쉬우며, 결혼을 하더라도 원만한 부부관계, 원만한 자녀관계를 만들어 가기가 어렵다.

이런 사람 중에도 성공한 사람들이 더러 있는데, 친밀한 관계를 피해서 일이라는 수단으로 도망하는 경우다. 게다가 일은 돈이라는 보상물, 남들의 인정이라는 보상을 주기 때문에 사랑, 우정, 관계와 같은 추상적 요소가 없어도 살아갈 수 있다고 착각하게 만든다. 그래서 외적으로는 풍요로울지 몰라도 정신적으로는 영양실조에 걸려 있는 상태로 살아간다.

부정적 자아상을 가진 사람은 다른 사람들이 어떻게 자기를 생각하느냐에 신경을 곤두세우고 산다. 다른 사람들의 가치와 평가가 자신에게는 큰 기준이 되는 것이다. 그러다 보니 자신의 내면화 작업보다는 다른 사람의 평가에 더 많은 관심을 갖고 그 평가에 따라 깊은 상처를 받기도 한다. 그러므로 무엇을 이루었느냐(성취), 무엇을 공부했느냐(학벌), 어떤 집안에서 자라났느냐(가문) 등으로 자신의 가치를 결정한다. 그래서 평생 남들의 시선, 남들의 평가에 신경을 곤두세우느라 정작 자기 자신의 내면을 돌아보지 못한다.

지금 여기를 살아라

『죽은 시인의 사회』에서 키팅 선생은 제자들에게 '까르페 디엠 (carfe diem)'을 외쳤다. 행복하게 살려면 '지금 여기'를 살아야 한다는 말이다. 과거는 지나갔고, 미래는 아직 오지 않았으며, 내가 살아야할 시점은 오로지 현재 밖에 없다. 그래서 현재는 선물[present]이다. 아리땁고 지혜로운 여성 한 사람이 나에게 했던 말을 지금도 기억하고 있다. 그녀는 늘 당당했고 행복했다. 그 비결이 그녀의 말속에 담겨 있었다.

"집에 있을 때에는 집에 있어야 하고, 직장에 있을 때에는 직장에 있어야 해요."

'지금 여기'를 사는 사람은 '있는 그대로'의 삶도 존중할 줄 안다. 그래서 좋은 성품은 긍정적 자아상에 바탕을 둔 높은 자존감에서 나온다. 이런 사람은 자신에 대해서도 진실하고 다른 사람을 대해서도 진실하다. 피스 메이커(peace maker)로서 마음에 벽을 쌓은 사람도 자기 벽을 허물고 나오도록 이끄는 사람이다. 남의 수치와 허물도 덮어줄 줄 아는 사람이다.

Point

사랑의 탱크가 채워진 사람 받아본 사람이 또 베풀게 된다. 그러면 대부분은 더 점진적인 성장이 일어난다. 낮은 자존감에서 회복되는 방법은 남들이 주는 사랑, 관심, 칭찬을 그 자체로 받아들이는 것이다.

06

우울증 치유

우울증 유발 원인

우울증에는 크게 세 가지 원인이 있다. **첫째**, 결단력의 결핍(우유부단한 마음)이다. 결정을 내려야 할 순간에 계속 뒤로 미루는 습관이 당신의 삶을 지배하는 기준이 되고 있지 않은가? 그렇다면 당신은 마음에 평안을 누리지 못하고 덫에 걸려 있으며, 그 느낌을 가중시키는 억압요인이 이미 마음속에 형성되어 있다. 이런 우유부단한 사람은 우울증에 걸리기 쉽다.

둘째, 분노다. 우울증은 응고된 분노이다. 만약 당신이 지속적으로 심각한 우울증 증세를 보인다면, 당신의 생활 가운데 해결되지 않은 어떤 분노가 있다. 우울증은 마음에 확정함이 없는 사람, 분을 참는 사람, 혹은 함부로 쏟아 놓는 사람들에게 반드시 찾아 들게 마련이다.

셋째, 부당하다는 생각이다. 완전주의자들은 공평과 불공평에 대해 심한 편견을 가지고 있다. 부당한 것을 참을 수 없는 마음을 하나님께 드린 사람은 정결케 됨을 체험한다. 그러나 하나님께 맡기지 않고 균형을 잃어버린 상태에서 해결되지 않는 분노를 마음속에 감추고 있을 때 나타나는 부당한 느낌은 매우 파괴적이다. 그 결과 우울증을 초래할 수 있고 훌륭한 인간관계를 분열시킬 수 있다.

부당함 가운데 살고 있다고 생각하며 깊은 분노를 마음속에 품고 있는 사람들의 문제를 해결할 수 있는 유일한 해답은 용서를 체험하는 길 뿐이다. 상담을 하다보면, 너무나 많은 우울증의 뿌리가 어린 시절 가족들과 지내는 동안 그들의 마음 밭에 숨겨진 채로 깊게 내려진 것을 발견할 수 있다. 그러한 분노의 근원을 정직하게 깨닫고 원통한 마음을 풀고 용서하지 않는다면, 우울증은 분노라는 온실 안에서 무럭무럭 자라날 것이다.

자신이 가지고 있었던 문제들 즉, 상처와 분노와 공평치 못하다는 느낌들을 스스로 시인하고 하나님께 그 문제들을 내려놓음으로써, 하나님의 사랑에 의해 자신의 모든 문제들이 말끔히 씻기는 것을 체험할 수 있다.

사람에 대한 분을 품게 될 때

가정에서는 남편이나 아내가 자기의 권리를 주장하고 그것이 원하는 대로 이루어지지 않을 때 가장 심각한 우울증을 일으킬 수 있다. 이러이러하기 때문에 나는 이렇게 느낄 수밖에 없다는 생각으로 분한 마음, 속상한 느낌, 배신감 등을 품게 된다면 당신은 반드시 우울증에 걸리고 만다.

직장에서는 상사에 대해 분노감을 계속 가지고 그를 용서하지 못하기 때문에 우울증이 생기기도 한다. 비록 상관이 그의 권위를 남용했거나 잘못한 것이 있더라도 그를 용서해야만 한다. 당신이 그의 밑에서 그에게 복종하는 것은 섭리 가운데 그것을 허용하신 것일지도 때일지 모른다. 당신이 그를 용서하지 않는다면 우울증은 가까운 친구처럼 찾아올 것이다.

마틴 루터의 우울증 치료 방안

마틴 루터는 자신의 낮은 자존감과 우울증으로 인하여 끊임없는 투쟁을 하지 않으면 안 되었다. 그는 이러한 문제들의 해결책을 다음과 같이 제시했다.

첫째, 홀로 있지 말라.

둘째, 전문가와 다른 사람에게 도움을 구하라.

셋째, 노래하라, 음악을 즐기라.

넷째, 감사하라. 하나님 말씀의 능력에 깊이 의존하라.

수세기에 걸쳐 믿음의 사람들은 시편 말씀이 우울증 치료에 가장 도움이 된다는 사실을 발견했다.

성령님의 임재하심 가운데서 확신 있는 태도로 휴식을 취하라. 그러면 임재하여 주실 것이란 약속이 당신의 마음속에 깊이 새겨지도록 하라.

죄책감과 수치심을 구별하라

우울증에 걸린 사람은 그것을 치료하기에 앞서 먼저 자신이 우울증에 걸렸다는 사실부터 인정해야 한다. 우울증을 부인함으로써 더욱 문제를 악화시킨다. 우울증 위에 죄책감까지 덧붙여 문제를 이중으로 만드는 것이다.

어떤 특별한 행동이나 태도와 관련되어 있는 구체적인 죄책감은 진짜 믿을만한 죄책감이다. 그리고 거기에 따르는 감정들은 실제적인 범죄로 인하여 오는 진짜 죄책감이나 우울증에 해당된다. 우울증은 여러 가지 요소들과 연관성을 가지고 있다. 우리의 인격, 구조, 신체적 차이점, 신체의 화학작용, 호르몬의 분비작용, 감정적 패턴 그리고 우리가 배워온 느낌을 통한 이해들과 관계된다. 그리스도인들은 이것을 인식하고 용납해야만 한다.

영적으로 거듭난다고 해서 우리의 기본적인 성품에 속한 기질이 바로 변화되지는 않는다. 성품이 우리 안에 들어오는 것이지, 우리의 기질이 바뀌는 것이 아니다. 매우 내성적이고 예민한 성격의 소유자가 가장 심한 우울증에 걸린다. 우울증은 영적인 근원 이외에 다른 곳으로부터 올 수 있는데, 우리의 인격구조 중 어딘가가 잘못되었기 때문이다. 신체적인 이유나 감정과 인격의 불균형 때문일 수도 있다. 우리는 어떤 어려운 감정 가운데 빠지더라도 하나님이 거기 계시다는 것을 알아야 한다. 또 어제 일어났던 일에 대한 당신의 감정과 행동과 해석이 오늘의 것들과는 전혀 다를 수 있다는 것도 알아야 한다. 거기에 당신만 홀로 있는 것이 아니다. 기질적인 것이나 영적인 것 모두가 우리의 신체적인 기능에 의하여 좌우될 수 있다.

당신의 개성을 인정하라

자기 자신의 개성을 용납하고, 자신의 기질을 인정해야 한다. 진리가 당신 마음을 다스리고 있기 때문에 더 이상 자신에 대해 스스로 거부감을 가질 필요가 없다. 당신의 기질을 적대시하며 싸우기를 중지하고, 당신의 기질이 하나님으로부터 주어진 선물이라는 것을 인정하라. 우울증을 극복하며 사는 방법의 첫 단계는 당신 자신을 있는 그대로 받아들이는 것이다.

그러나 성령님은 당신이 그분을 인식하고 그분에게 자신을 드릴

아버지가 들려 주는 무대 위 행복

때만 당신 안에 충만히 거하시고 당신을 지배하실 수 있다. 당신의 기질이 변화될 수는 없을지라도 당신을 지배하시도록 허용할 수는 있다.

우리는 신체적인 면이나 감정적인 면, 영적인 면 모두 한계를 가진 사람이다. 우리는 충분히 쉬지 못한 채 이리저리 불려 다닐 때가 있다. 예외가 규칙처럼 습관화될 때, 우리는 항상 피곤한 상태에서 살게 된다. 계속 이러한 상태에 머무르면 만성적 우울증 내지는 병적인 우울증을 앓게 된다.

이러한 경우는 사역에 종사하는 사람들에게 더 많이 나타난다. 이것이 자연법칙을 어기는 완전주의자들이 가지고 있는 문제 중 하나이다. 자신의 육체적 생활을 소홀히 하면서 자신이 우울증에 빠지는 이유를 찾아내지 못하고 방황하는 사람들이 있다. 당신의 삶을 조절하시기 위해 우울증을 허락하고, 그것을 삶의 조절기로 사용하고 계신다는 생각을 해 본적이 있는가? 조정 장치를 통해 계속 비현실적인 삶을 추구하려는 당신을 제재하신다.

Point

분한 마음, 속상한 느낌, 배신감 등을 품게 된다면 당신은 반드시 우울증에 걸리고 만다. 당신이 그를 용서하지 않는다면 우울증은 가까운 친구처럼 찾아올 것이다.

07

완전주의 치유

상처 입은 심령으로부터 오는 우울증, 특히 그릇된 영적 자세인 완벽주의 즉 완전주의가 원인인 우울증은 그리스도인이 완전케 되는 것과 완전주의를 지향하는 것 사이에 커다란 간격이 있음을 말한다. 복음적인 그리스도인들을 가장 괴롭히고 있는 정서적인 문제가 완전주의이다.

완전주의 증상

첫째, 꼭 해야 한다는 무서운 압박감이다.

무슨 일을 잘 하지 못했다든지 아니면 항상 자신이 훌륭하지 못했다고 느끼는 감정이다. 이러한 감정은 생활의 모든 면에 침투되지만, 특히 우리의 영적생활에 영향을 크게 미친다.

아버지가 들려 주는 무대 위 행복

둘째, 자기 자신을 멸시하는 태도다.

완전주의와 낮은 자존감을 소유하는 것이 일맥상통한다는 것은 의심할 여지가 없다. 자기 자신이나 자기가 한 일에 대해서 만족하지 못하는 사람은 항상 자신을 멸시하는 감정에 사로잡히게 된다.

셋째, 불안이다.

반드시 해야 한다는 느낌과 자기를 멸시하는 태도는 죄책감과 불안 그리고 정죄감이라는 커다란 우산 속에서 지나치게 민감한 양심을 갖게 한다. 마치 커다란 구름처럼 이러한 감정들이 당신의 머리 위를 떠돌아다니고 있다.

넷째, 율법주의다.

완전주의자들의 과민한 양심과 일반적인 죄의식 밑에는 아주 지나친 강박증과 율법주의가 깔려 있다. 항상 하라는 것과 하지 말라는 것이 쌓이고, 더욱 더 많은 사람들을 기쁘게 해야 하기 때문에 그 짐은 계속 불어나게 된다. 모든 사람들에게 비위를 맞춰야 한다. 그래서 이런 저런 방법으로 다른 사람의 비위를 계속 맞추어 나가다 보면, 자신도 모르는 사이에 바울 사도가 명명한 '종의 멍에(갈 5:1)'를 메게 된다.

다섯째, 분노다.

완전주의자는 인식하지 못할 지도 모르지만, 그 마음속 깊은 곳에는 분노가 형성되기 시작한다. 꼭 해야 하는 것들에 대한 적개심, 그리스도인의 믿음에 대한 적개심, 타인들과 자기 자신에 대하여 반발

한다. 가장 슬픈 것은 하나님께 대하여 적개심을 가지게 된다는 것이다. 하나님은 그가 아무리 열심히 노력해도 결코 기쁘게 할 수 없으며, 그가 어떤 것을 포기하거나 붙잡아도 만족케 할 수 없는 대상이다. 하나님에게 대항하는 이러한 분노가 완전주의자의 마음속에 들끓고 있다.

완전주의자가 봉착하는 가장 큰 문제는 감정적인 부분이다. 그들은 초인적 자아의 이미지를 소유하고 있기 때문에 자신이 느끼는 감정들을 절대로 시인하지 않는다. 우리가 분노를 나타내며 해소하는 적절한 방법을 배우지 않는다면, 마음속에 원통함과 비통함을 품게 된다. 바로 이러한 감정들이 완전주의자가 자신의 분노를 겉으로 나타내지 않을 때 생기는 것들이다. 그들은 자신이 분노를 표현했다는 것을 인식조차 못하게 한다.

그러한 부인된 감정은 그들의 내적 자아 속에 깊이 박힌다. 그 속에서 부글부글 끓고 곪아 터진 분노가 여러 종류의 위장된 감정적 문제들과 결혼생활의 갈등 심지어는 신체적 질병의 형태로까지 나타난다. 분노는 하나님이 허락하신 감정이며, 우리의 인격 속에 심겨진 형상의 일부이다. 그러므로 이것은 반드시 건설적인 목적으로 사용되어야만 한다.

여섯째, 부인(부정)이다.

많은 경우 사람들은 분노를 직시하지 않고 부인한다. 화를 내는 것

아버지가 들려 주는 무대 위 행복

을 무서운 죄로 여기기 때문에 그것을 억눌러 버린다. 그렇게 되면 깊은 정서적인 문제들이 마음속에 생기기 시작한다. 자신을 싫어하며, 사랑하지 못하고, 다른 사람과도 잘 어울릴 수 없게 된다. 그런 가운데에서 살아가려고 애쓸 때 오는 압박감과 긴장감은 견딜 수 없을 정도로 큰 부담을 줄 수 있다. 이때 두 가지 문제가 생기게 된다. 한 가지는 마음이 냉랭해지는 것이고, 또 다른 하나는 마음이 와해되는 것이다.

완전주의 치유

완전주의로부터의 궁극적인 치유는 오직 한가지뿐으로, 아주 심오하면서도 단순한 단어인 '은혜'이다. 은혜는 인간들을 향하여 나타내시는 하나님의 성품 자체이며, 그의 행하시는 행위 자체이다. 은혜는 공짜로 받은 순수한 선물이다. 완전주의를 위한 치료는 매일 믿음으로 사는 가운데 사랑이 많고 보호하시는 은혜로 맺어진 관계를 깨달음으로써 가능하다. 그러나 때때로 그러한 깨달음이 저절로 생길 수 없다. 어떤 사람에게는 은혜를 깨닫는 것이 과거에 경험한 마음의 상처를 치료받은 후에라야만 가능해지기도 한다.

그 이유는 그것이 당신의 인격과 개성과 인간성에 알맞게 지워진 멍에이며, 당신에게 맞는 멍에를 지워준 그리스도가 결코 당신을 홀로 버려두지 않고 보혜사의 형태로 멍에를 함께 지시기 때문이다.

당신이 완전주의자가 된 것이 하룻밤 사이에 이루어진 것이 아니라면, 치유 또한 하룻밤 사이에 이루어지지 않는다. 은혜 안에서 자라가며, 자신의 생각을 재조정해야 한다. 그리고 생활 전반에 걸쳐서 치유가 이루어져야 한다. 생각이 고쳐져야 하며, 손상된 정서생활이 회복되어야 한다. 또한 자신을 과소평가하는 그릇된 태도가 고쳐져야 하며, 화합하지 못하는 대인관계가 회복되어야 한다.

이 치유 과정의 단계들을 통과하는 그의 은혜가 당신과 함께 하실 뿐 아니라, 그 과정을 통과하는 당신 자신을 기뻐하며 받으신다.

뿌리가 되는 원인들

정서적인 문제의 원인들은 대부분 어린 시절에 관계를 맺었던 사람들로부터 온다. 우리는 특히 육신의 부모를 통하여 하나님 아버지에 대한 인식과 느낌을 계속적으로 얻게 된다. 그들을 통하여 하나님과 사람들과 인생을 바라보게 되는데, 거기에 다음과 같은 문제가 있을 수 있다.

첫째, 만족시킬 수 없는 부모들이다. 완전주의와 우울증을 일으키는 가족관계의 가장 큰 공통점은 만족할 줄 모르는 부모들이 있다는 것이다. 그러한 부모들은 자녀들에게 자기들이 정해 놓은 기준에 도달할 것을 요구하는 조건적인 사랑만을 하게 된다.

둘째, 예측할 수 없는 가정의 분위기다. 가정환경이 정서적 불구자들과 완전주의자를 만들어내는 온상의 역할을 한다. 예측할 수 없는 가정 분위기에서 불의를 경험했다면, 마음속 깊이 남아 있는 과거의 상처들부터 먼저 치료해야 한다. 그런 후에 비로소 각양 좋은 은사와 온전한 선물을 내리시고, 변함도 없으시고, 회전하는 그림자도 없으신 빛들의 아버지이신 하나님을 믿을 수 있게 된다.

셋째, 위축시키는 세력이다. 우리에게 찾아오는 수없이 많은 상처들을 분류하기란 쉬운 일이 아니다. 그것들은 타락한 세상에서 찾아볼 수 있는 삶의 부속품이며 일부분이다. 위축감이 생기면 자신이 다른 사람에게 부담이 될까봐 매우 두려워 할 수 있다. 사람들이 책임감 없이 주고받는 말들이 한 사람에게 얼마나 큰 상처와 손해를 입히는지 아무도 모른다. 어린 마음속에 심겨진 상처와 수치감과 증오의 씨앗이 시간이 지나면서 곪아 터져서 고름이 나오고 어른이 된 후의 인격 속에까지 그 균을 전염시킨다.

넷째, 격분이다. 화는 수줍음과 온유함과 영적인 경건의 밑바닥에 깔려 숨어 있다. 그러나 그것은 없어지지 않고 거기에 그대로 남아 있게 된다. 치유의 과정에는 화를 노출시킬 수 있는 용기가 꼭 필요하다. 그렇지 않으면, 우리의 기억 속 모든 것들이 지워지지 않고 그대로 남아 있던 분노가 한꺼번에 분출되는 고통스런 경험을 하게 된다. 우리는 기도로서 자신에게 견딜 수 없는 괴로움을 주었던 한 사람 한 사람을 용서할 수 있는 은혜를 경험한다. 성령님은 아픔이 담겨진 기억 속의 독소를 제거해 주시고 ,스스로 조절할 수 없는 분노의 권세로부터 우리를 해방시켜 주신다. 그리고 시간의 흐름에 따라 치료하시는 하나님의 능력으로 괴롭고 아프게 뚫렸던 마음의 구멍들이 다시 아물게 되는 치유의 경험을 하게 된다.

다섯째, 하나님께서 정하신 의(義)이다. 숨겨진 분노가 종종 완전주의자들로부터 터져 나오는 것을 볼 수 있다. 그들은 눈에 보이는 이 세상 잘못된 것들을 교정한다. 이렇게 손상된 사람이 치료를 받기 위하여 나아가야 할 곳은 바로 모든 불의의 총 집산지인 십자가이다. 완전주의자들은 마음을 나눌 수 있다고 생각하지 않기 때문에 그 문제를 그대로 파묻어 둔다. 그가 당신의 문제를 이해하시므로 당신은 무엇이든지 그에게 가지고 나아갈 수 있다. 아무 조건 없이 사랑과 은혜로 당신을 받아 주실 것이다.

완벽주의의 가장 무서운 결과는 참된 자아로부터 멀어지는 것이다.

지금까지 살아오는 동안, 아무도 실제적으로 나타난 당신의 모습을 사랑하지 않는다는 사실을 믿게 되었다. 그래서 당신은 초인적인 능력을 발휘해야만 다른 사람으로부터 사랑과 인정을 받을 수 있다고 생각한다. 이 왜곡된 생각은 하나님과의 관계에까지 연장되어 완전한 것을 요구하시는 절대적 완전주의자로 보게 된다. 그리고 그분에게 오직 당신의 좋은 점만을 보여야 한다고 생각한다. 참된 당

아버지가 들려 주는 무대 위 행복

신의 모습은 보이기를 싫어한다.

자신의 추한 모습을 받아주실 수 없다고 생각하고, 자신도 그것을 용납하지 않는다. 또 자신의 모습을 실제보다 높이 올려놓고 마음을 감동시켜야만 된다고 생각한다.

그렇게 초인적 모습을 가진 당신은 모든 사람과 잘 어울려야 하며, 누구나 다 당신을 좋아해야 하며, 그리스도인들 사이에 어떤 갈등도 있어서는 안 된다고 생각한다.

기쁨은 폭풍의 소용돌이 가운데서 경험하는 내적 평온함이다. 감정의 폭풍우가 몰아칠 수 있지만, 뜻에 순종하려는 마음도 함께 있기 때문에 폭풍 가운데서도 평온함을 유지할 수 있다.

당신의 실제 감정을 표현하는 것을 두려워하지 말고 있는 모습을 지닌 사람이 되라. 그렇게 함으로써 실제 당신 자신의 모습은 하나님이 의도하신 한 인격체로 성장해 나아갈 수 있게 된다. 당신이 초인적 자아의 모습을 지니기 위해 시간과 힘을 낭비할 때 하나님과의 사귐을 갖는 기회를 빼앗기고 만다. 초인적 자신의 모습은 당신의 상상력에서 나온 환상이며, 거짓된 이미지이며 우상이다.

Point
완전주의를 위한 치료는 매일 믿음으로 사는 가운데 사랑이 많고 보호하시는 은혜로 맺어진 관계를 깨달음으로써 가능하다.

08

생각을 바꾸어라

당신의 가치는 그대로다

어느 대학에서였다. 교수가 오만 원짜리 지폐 한 장을 꺼내 들었다. "내가 이 돈을 준다면 받겠는가? 받을 사람은 손을 들어라." 모든 학생들이 손을 들었다. 이번에 돈에 코를 푸는 시늉을 했다. "지금도 받을 용의가 있는가?" 학생들은 여전히 손을 들었다. 그러자 교수는 지폐를 바닥에 놓고 발로 밟았다. "이래도 이 돈을 원하는가?" 학생들은 계속 손을 들고 있었다. 마지막으로 교수는 지폐를 구겨서 뭉치더니 거기에 침까지 뱉었다. "자, 이 돈 받을 사람?" 학생들은 여전히 손을 들었다. 그러자 교수가 말했다. "세상에 완벽한 사람은 없다. 누구에게나 흠이 있다. 그렇다고 그것이 자신을 존중하는데 방해요소가 되는 것은 아니다. 이 돈이 구겨져도 그 가치가 소멸되지 않는 것처럼 말이다. 여러분이 혹 실수하고 넘어지더라도 가치는 변함없다.” 그러자 감동한 학생들이 우레와 같은 박수를 보냈다. 우리가 쓰러져 넘어지는 순간이나 실수하는 순간은 보지 않는다. 가치 있는 시각으로 우리 자신을 사랑하자.

인생사 새옹지마(塞翁之馬)

오스트리아 비엔나 대학교 바우어 교수는 교통사고로 한쪽 팔을 잃었다. 불편하기도 했지만 장애를 가진 자신을 용납하기가 너무 힘들어서 매일 괴로워하면서 세월을 보냈다. 몇 년 뒤였다. 세계 2차 대전이 발발하자 히틀러는 많은 사람을 강제로 징집하여 전쟁에 투입했다. 이 때 많은 대학교수와 지성인들이 잡혀 갔는데, 대부분 전장에서 죽었다. 그런데 한 쪽 팔이 없는 바우어교수는 당연히 징집에서 제외되었다. 그제야 바우어 교수는 자신의 팔을 가져가신 하나님의 큰 뜻을 알게 되었다. 비참한 전쟁 속에서 자신을 지켜주신 것은 전쟁이 끝난 후 유럽 신학을 위하여 헌신하도록 하기 위한 보호였다. 그때부터 그는 모든 것이 합력하여 선을 이루시는 하나님의 사랑에 감사하게 되었다.

우리는 때때로 불행한 일이나 어려운 일을 당하면, 하나님을 원망하고 불평을 한다. 그러나 시간이 지나고 보면 그것이 은혜요, 사랑이요, 인도하심이었다는 것을 깨닫게 된다. 그리고 하나님을 사랑하는 자들에게 모든 것이 합력하여 선을 이루게 하시는 하나님의 사랑을 알게 된다.

로버트 슐러 목사의 꿈 이야기다. "절벽 가까이로 나를 부르셔서 다가갔다. 절벽 끝에 더 가까이 오라고 하셔서 더 다가갔다. 그랬더니 절벽에 겨우 발을 붙이고 서 있는 나를 절벽 아래로 밀어버리는 것이었다. 물론 나는 절벽 아래로 떨어졌다. 그런데 나는 그 때까지 내가 하늘을 날 수 있다는 사실을 몰랐다. 우리는 우리를 절벽 끝으로 몰아가시는 하나님의 깊은 뜻을 다 깨닫지 못한다. 그저 절벽으로 내몰리지 않으려고 발버둥 쳐보기도 하고, 벼랑 끝으로 몰리지 않게 해 주시기만을 간절히 기도한다. 하지만 기어코 절벽 아래로 떨어질 때는 하나님께 원망과 불평을 쏟아낸다. 그러다가 비로소 날개가 있다는 것을 깨닫는다. 날개를 미리 예비해 주셨다는 사실도 알게 된다."

이미 충분한 은혜

미국의 철학자 크레이플 교수는 어느 날 친구 집에 놀러갔다가 그 친구의 여동생을 보고 깜짝 놀랐다. 두 팔과 두 다리가 없는 선천적 기형아였기 때문이다. 더 놀란 것은 이 소녀가 예술에 대한 감각이 뛰어나서 음악과 미술에 관한 조예가 대단히 깊었다는 것이다. 더욱 감탄한 것은 그녀의 얼굴에는 천사처럼 밝고 기쁨이 넘쳤으며, 조금도 슬프거나 어두운 모습이라곤 찾아 볼 수 없었다는 점이었다. 크레이플 교수가 소녀에게 물었다.

"내가 너의 처지였다면 아마 견디지 못했을 것이다. 그런데 무엇이 너의 얼굴을 밝게 바꾸어 놓았지?"

그러자 그녀가 두 눈을 반짝이며 대답하였다.

"내가 가진 것은 너무나 많아요. 음악을 들을 수 있는 귀가 있고, 명작을 읽을 수 있는 눈이 있어요. 가족과 친구들의 사랑도 있고요. 그러나 무엇보다도 소중한 것은 내 마음속에 있는 하나님의 사랑입니다. 나에게 이렇게 많은 보물이 있는데 무엇 때문에 내가 슬퍼해야 하나요?"

크레이플 교수는 이 소녀의 말을 듣고 큰 충격을 받았다. 그는 이 소녀의 아름다운 모습을 본 후 신앙의 위대한 능력을 깨닫고 복음을 받아들여 크리스천이 되었다.

가시도 하나님의 은혜

사도 바울도 약점을 가지고 있었다. 간질이 있었고, 심한 안질로 시력이 약했다고도 한다. 간질이라면 더더욱 사도로서 치명적인 약점이다. 하나님의 일을 하는 사도에게 전혀 맞지 않는 약점이다. 사도 바울은 이것을 가시라고 표현하면서 제거해 주시기를 세 번이나 기도했다. 그 때 하나님은 바울을 치료해주지 않고 다른 응답을 주셨다. "내 은혜가 족하도다. 이는 내 능력이 약한데서 온전하여 짐이라

하신지라 그러므로 도리어 크게 기뻐함으로 나의 여러 약한 것들에 대하여 자랑하리니 이는 그리스도의 능력이 내게 머물게 하려 함이라" 사도 바울에게 가시는 약할 때 강함 주시는 나타내기 위한 하나님의 섭리였다. 그리고 교만하지 않도록 하시기 위한 제어장치였다.

"그의 뜻대로 부르심을 입은 자들에게는 모든 것이 합력하여 선을 이루느니라."

"또 미리 정하신 그들을 또한 부르시고 부르신 그들을 또한 의롭다 하시고 의롭다 하신 그들을 또한 영화롭게 하셨느니라(롬 8:30)." 라고 하셨는데, 이 때 "영화롭게 하셨느니라."의 헬라어 원어는 '에 독사센'으로 과거시제이며, 이미 예정 가운데 우리를 영화롭게 하셨다는 뜻을 내포하고 있다.

나는 스포츠중계를 좋아하는데 시간이 여의치 않아 못 볼 때면 재방송을 본다. 재방송을 볼 때는 마음이 느긋하다. 이미 결과를 대충 알고 보기 때문이다. 마음을 졸일 필요가 없다. 느긋한 마음으로 즐기면서 볼 수 있다. 마찬가지로 우리의 삶도 이미 승리로 결정되었다면, 주눅들 이유도 없고 의기소침할 필요도 없다. 현재의 고난이 아무리 극심하다 할지라도 우리를 넘어뜨릴 수가 없다. 이미 우리는 사랑으로 영화롭게 되기로 작정된 사람들이기 때문이다. 장차 우리에게 나타날 영광을 생각하면서 현재의 고난을 믿음으로 극복하고, 날마다 여유 있는 마음으로 승리하자.

모든 것은 그분의 계획 속에 있다

올리브나무와 떡갈나무, 소나무가 자신들의 꿈을 이야기하고 있었다. 이들은 각자 특별한 존재가 되겠다는 큰 꿈을 품고 있었다. 올리브나무는 정교하고 화려한 보석상자가 되겠다는 꿈을, 떡갈나무는 위대한 왕을 싣고 바다를 건널 거대한 배의 일부가 되겠다는 꿈을, 소나무는 언제까지나 높은 곳에 버티고 서서 사람들에게 위대한 하나님의 창조 섭리를 일깨워주는 꿈을 이야기했다. 어느 날 나무꾼이 올리브나무를 베었다. 올리브나무는 아름다운 보석상자가 될 기대에 부풀었지만, 짐승의 먹이를 담는 구유가 되고 말았다. 오랜 꿈이 산산조각 난 것이었다. 실망한 올리브나무 구유는 짐승의 먹이나 담고 있는 자신을 가치가 없고 천한 존재라고 생각했다. 떡갈나무도 나무꾼이 자신을 베었을 때 흥분을 감추지 못했다. 그러나 시간이 지나면서 나무꾼이 자신을 가지고 조그만 낚싯배를 만들고 있음을 알았다. 떡갈나무는 슬픔의 눈물을 흘렸다. 높은 산꼭대기에 사는 소나무는 어느 날 벼락을 맞아 쓰러져 버렸다.

세 나무는 모두 자신의 가치를 상실했다는 생각에 크게 실망했다. 세 나무의 꿈은 모두 사라졌다. 하지만 다른 계획이 있었다. 오랜 세월이 흘러 마리아와 요셉이 아이를 낳을 곳을 찾지 못해 헤매고 있었다. 그들은 마침내 마구간을 발견했고 아기 예수가 태어나자 구유에 뉘였다. 이 구유는 바로 그 올리브나무로 만든 것이었다. 올리브나무는 결국 이 세상에서 가장 귀한 보물인 하나님의 아들을 담게 되었다. 시간이 흐를수록 예수님은 키와 지혜가 자라갔다. 어느 날 예수님은 호수 건너편으로 건너가기 위해 크고 멋진 배가 아닌 작고 초라한 낚싯배를 선택하셨다. 이 낚싯배는 그 떡갈나무로 만든 것이었다. 떡갈나무는 만왕의 왕을 태우게 되었다. 또 몇 년이 흘렀다. 몇몇 로마 병사들이 벼락 맞은 소나무가 버려진 쓰레기더미에서 뭔가를 부지런히 찾고 있었다. 이에 소나무는 곧 자신이 땔감 신세가 되겠거니 하고 생각했다. 하지만 놀랍게도 병사들은 소나무를 두 조각으로 쪼개더니 십자가를 만들었다. 그 소나무 십자가에는 예수님이 매달리시게 되었다.

동화지만 생각하게 하는 바가 크다. 나의 가치는 과연 얼마나 될까? 자신을 가치 있는 인간이라고 여기면 언젠가는 쓰임 받는 날이 온다. 나다움을 준비한 자는 나답게 쓰임 받는다. 자신을 소중히 여기는 사람은 바라봄의 법칙대로 소중한 존재가 된다.

> **Point**
> - 자신을 가치 있는 인간이라고 여기면 언젠가는 쓰임 받는 날이 온다.
> - 나다움을 준비한 자는 나답게 쓰임 받는다. 자신을 소중히 여기는 사람
> - 은 바라봄의 법칙대로 소중한 존재가 된다.

09

자아상을 재구성하라

건강한 자아상을 구성하는 세 가지 기본적인 요소는 첫째, 사랑받고 있다는 소속감, 둘째, 자신의 가치와 중요성 인식하기, 셋째, 자신감이다.

건강한 자아상을 형성하려면 외부세계를 재구성해야 한다. 외부세계는 우리의 자아상이 자라나는 기초 토양 역할을 한다. 우리의 성격 형성에 영향력을 주었던 모든 요인들을 포함한다. 우리는 치료가 필요한 부분을 찾아내고 적절한 자존감의 재정립이 요구되는 곳을 발견할 수 있도록 이해와 통찰력을 얻게 해주어야 한다. 낮은 자존감이 인격 속에 형성된 사람에게는 자신을 사랑하신다는 사실이나, 자신을 받아 주신다는 것, 자신이 쓸모 있는 사람이라는 것을 이해하기가 매우 어렵다.

영적 갈등으로 보이는 것들 중에 전혀 영적인 문제가 아닌 것들이 있다. 그들이 경험하는 죄의식은 마치 하나님께서 내린 정죄처럼 생각하기 쉬우나, 사실은 낮은 자존감이 원인이 되어 스스로를 정죄하고 상하게 하는 자신의 느낌과 생각으로부터 오는 것이다. 자존감이 낮을 때 우리는 두려움에 쉽게 지배당한다. 이때 느끼는 두려움은 자신이 감당하지 못할 현실에 대한 두려움이다. 그러므로 낮은 자존감을 가진 우리의 자아상을 재조정해 나아가면, 그리스도인으로서 마땅히 가져야 할 자신의 가치를 인정하는 한 인격체가 될 수 있다.

당신이 알고 있는 잘못된 믿음을 교정하라

말씀을 통하여 당신의 잘못된 믿음이 고쳐지도록 하라. 진정한 그리스도인의 겸손은 자신을 스스로 격하시키는 것이 아니다. 하나님께 대한 사랑과 우리 스스로에 대한 사랑 그리고 다른 사람에 대한 사랑이 사무엘상 1:12-18에 나오는 영원한 삼각형의 원리이다. 제정하신 기본적인 율법은 온 우주를 지배하는 자연법칙 가운데에 기록되었다. 우리 몸의 세포 하나하나에도 적용된다. 적절한 자존감을 소유한 사람이 모든 면에서 낮은 자존감을 소유한 사람보다 훨씬 더 건강하다.

우리는 이렇게 창조의 순리에 따라 만들어진 존재이므로 이 법칙을 어긴다는 것은 잘못된 신학을 쫓는 것일 뿐 아니라 우리를 파멸로 이끌게 한다. 낮은 자존감을 소유한 사람은 항상 자기를 인정을 받으려고 애쓴다. 그러한 사람은 어떤 경우에서든지 자기가 옳다는 것을 증명하려고 하는 욕구를 가지고 있다. 또 항상 자기 자신을 바라보는 데만 열중해 있다. 자존감이 낮은 사람은 자신에 대한 의식이 극히 강하다. 자기 자신의 가치를 인정받으려고 하는 사람을 우리는 진정으로 조건 없이 사랑할 수 없다. 자신을 부정적으로 받아드리는 태도는 겸손이나 거룩함 혹은 성결의 일부가 될 수 없는 것이다.

장점으로 단점을 덮어라

이영자라는 개그맨이 있다. 그녀는 1990년대 한국 코미디 계를 주름 잡았던 대단한 사람이다. 그 때는 TV만 틀면 나온다고 할 정도로 인기가 많았다. 그런데 그녀에게는 남모를 고민이 있었다. 그녀는 자신을 굉장히 뚱뚱하고 못난 여자로 생각하고 있었다. 최근 그녀는 어느 토크쇼에서 자신에 대한 이야기를 했다. 그 중 아주 인상적인 내용이 하나 있었다. 이야기의 소재는, 최근에 그가 만난 최고의 스타가 누구냐는 것이었다.

그녀가 말한 최고의 스타는 조성아라는 사람이었다. 토크쇼에 나온 사람들은 조성아가 누구인지 다들 궁금해 했다. 그녀는 유명 연예인들의 메이크업 아티스트였다. 화면에 비친 조성아 씨는 유명인도 아니었고, 몸집이나 얼굴이 이영자씨 보다 낫다고 볼 수 없는 사람이었다. 이영자 씨는 자신이 왜 그녀를 자신이 만난 최고의 스타라고 생각하는지 설명하기 시작했다.

"그녀는 내 인생의 스타예요. 그녀는 장점이 너무 커서 단점이 안 보이는 친구거든요. 저는 사실 제가 생각해도 장점이 참 많은 것 같아요. 그런데 저의 몇 가지 단점이, 저의 많은 장점들을 다 죽여 버리는 거죠. 그런데 이 친구는 단점이 꽤 많은데도, 장점이 워낙 커서 단점이 보이지 않아요. 저는 사실 제 큰 덩치에 갇혀 살았었어요. 이것 때문에 누구에게 사랑한다고 고백도 못해보고, 괜히 성질부리기도 하고, 사나워지기도 하고, 짜증을 내기도 했어요. 그런데 이 친구는 외모에 상관하지 않아요. 자기가 좋아하는 일에 집중하다보니까, 자기 삶에 만족도가 높은 거예요. 저는 늘 과거 속에 갇혀 사는데, 그녀는 늘 미래를 향해 나아가는 거예요. 그래서 저는 이 친구에게서 배울 점이 너무 많은 것 같아요. 그녀가 제 인생의 스타인 이유죠."

이영자 씨는 자신의 인생을 조종하고 있는 것이 무엇인지 깨달은 것이다. 비전도 아니고, 인생의 목적도 아니며, 자신이 가진 수많은 장점도 아니었다. 그것은 안타깝게도 자신이 그토록 싫어하고 부정하고 싶은 자신의 외모였다. 스스로 생각하는 외모의 단점이 자신의 장점을 죄다 가리고 있었던 것이다. 조성아 씨가 이영자의 롤 모델이 될 수 있었던 까닭은 바로 외모의 단점 따위는 심각하게 생각하

아버지가 들려 주는 무대 위 행복

지 않았던 사람이었기 때문이다.

의외로 많은 사람들이 과거의 상처에 얽매여 살아간다. 자신이 스스로 생각한 치명적인 단점이 자기 삶을 좌우한다. 단점에 얽매여 살고, 약점으로 인생 전체를 설명하는 어리석음의 노예로 산다. 이영자 씨의 사례를 보면, 하나의 단점이 수많은 장점을 가리고 있을 뿐만 아니라, 그 단점 하나로 자신의 인생 전체를 설명하고 있다. 그것은 그다지 현명한 일이 아니다. 이에 니컬리스 트리스태키스와 제임스 파울러가 함께 쓴 책 『행복은 전염 된다』에 이런 말이 나온다.

"네트워크의 중심에 서 있는 위치가 그 사람을 행복하게 할 수는 있지만, 행복하다고 해서 반드시 그 사람이 네트워크의 중심을 옮겨 가는 것은 아니다. 네트워크의 구조와 그 속에서 여러분이 있는 위치가 중요하다."

우리에게 단점보다는 장점이 더 많다. 세상을 살아가는 동안 다양한 경험을 누리라고 그렇게 설계된 것이다. 그래서 '상한 마음 [Broken Heart]' 그대로를 가지고 오라고 하는데, 여기서는 상한 마음이라고 표현했지만 사실 '상한 마음'이 아니라 '박살난 마음'이다. 그런 마음이라도 하나님은 다 치유하시고 온전한 마음으로 회복시켜 주신다.

미디안 광야에서 40년을 사는 동안 청춘도 사라졌고 열정도 다 사라졌다. 이젠 할 수 있는 것이라곤 아무 것도 없었다. 모세가 자신에 대해서 완전히 포기하는 순간이었다. 갑자기 하나님이 나타나시어 자기 백성을 구출할 지도자로 그를 부르셨다. 그 때 모세는 "주여 보낼만한 자를 보내소서."라고 응답했다. 모세의 자존감이 완전 밑바닥에 있을 때였다. 그 때 모세에겐 목자가 늘 휴대하는 지팡이 하나가 전부였다. 그런데 하나님은 이후 모든 기적의 현장에, 이스라엘 백성을 인도하는 긴 세월 동안 바로 그 모세의 지팡이를 통해 역사했다.

우리의 단점, 상처, 부족함 같은 것은 삶에서 아무 문제되지 않는다. 그러니 그런 것들 한두 가지로 내 인생 전체를 평가하지 말라. 남들은 생각하지도 않는 약점을 숨기려고 눈치 보며 살기에는 인생이 너무 아깝다. 사랑만 하기도 부족한 세월이다.

결정장애를 넘어서라

결정을 잘해야 자존감이 올라간다. 그런데 부정적 자아상에 바탕을 둔 자존감이 낮은 사람은 사소한 것에서도 결정 장애가 일어난다. 자신을 믿지 못하기 때문이다. 믿을 만한 사람을 떠올리고 그중에서도 내 마음을 가장 잘 알아줄 것 같은 사람에게 고민을 털어놓기라도 하면 기분이 나아지고 고민도 해결될 것 같아서 망설인다.

그런데 언제 어디서든 손을 내밀면 받아줄 사람이 있다. 바로 나자신이다. 그러니 나를 믿을 수만 있다면 인생은 참으로 편해진다.

고민이 생길 때마다 다른 이를 찾아나서는 수고를 할 필요도 없고, 약점을 잡히지 않을까 하는 고민도 할 필요도 없다. 자신에게 묻고, 해결책을 찾아내고 "괜찮다." "잘했다"라는 소리까지 들을 수 있다면 어떤 고민 상담자보다 나을 것이다.

어른이 되는 과정은 크고 작은 선택과 결정의 연속이다. 아이는 부모가 결정해주는 시기를 지나면, 학교, 전공, 직업, 연애, 결혼, 독립 등 수많은 결정들을 스스로 해야 하고, 그러면서 인생을 배우게 된다. 그렇다면 선택하기에 앞서 누구를 찾아가게 될까? 비슷한 상황에서 다른 사람들이 어떤 선택을 했는지 궁금할 테고, 후회하지 않는 결정을 하기 위해 머리를 쥐어짤 것이다. 많은 사람들이 고민 해결을 위해 다른 사람을 찾는 이유는 어쩌면 간단하다. 남들이 하는 대로 하면 중간은 갈 것 같아 안심이 되기 때문이다. 그러나 타인이 해결해줄 수 있는 문제가 있고, 자기만 답할 수 있는 문제가 따로 있다. 현명한 상담자라면 결국 마지막엔 '스스로 결정할 일'이라는 조언을 해줄 것이다.

살면서 마주치는 수많은 선택 앞에서 혼자 결정할 수 있는 요소가 있다면, 그것은 바로 현명함일 것이다. 그렇다면 결정을 잘한다는 의미는 뭘까?

세 가지 포인트가 있다.

첫 번째는 적절한 타이밍이다. 아무리 옳은 결정이라도 시간이 너무 오래 걸리면 의미가 퇴색하거나 사라진다. 결정 장애를 앓는 사람들이 가장 자주 간과하는 점이다. 옳은 결정, 후회 없는 결정을 하겠다면서 차일피일 미루는 것은 바람직하지 않다. 결정을 잘하는 사람들은 결정을 언제까지 해야 할지를 잘 안다.

두 번째 포인트는 자신이 결정하는 범위다. 아무리 현명하게 결정한다고 해도 결국 자신의 범위 안에서 하게 된다. 우리는 남의 결정을 대신 해줄 수도 없고 남의 미래를 결정할 능력도 없다. 가령 어느 학생이 연세대 의대를 갈 것인가, 서울대 의대를 갈 것인가를 밤새도록 고민한다. 하지만 지금 이 학생은 그런 것을 결정할 때가 아니다. 오늘 공부를 얼마나 할지, 어디까지 공부할지 결정할 수 있을 뿐이다.

세 번째는 세상에 옳은 결정이란 없다는 사실을 깨닫는 것이다. 어떤 결정을 했다 해도 그게 후회할 것인지 만족할 것인지를 결정 당시에 확신할 수 있는 사람은 아무도 없다. 당시는 최선의 결정이었다고 해도 훗날 후회스러운 결과로 이어지기도 하고, 대충 결정한 일이 엄청난 행운이 되어 돌아오기도 한다. 그 결과는 오직 신만이 알 수 있을 텐데, 우리는 신의 뜻을 모른다. 인생사 새옹지마라는 말은 그래서 생겼을 게다. 결정을 잘 하는 사람들은 바로 이 점을 알고 있다.

요즘 뭘 해야 할지 모르겠다는 젊은이들이 많아졌다. 반면 '꿈은

아버지가 들려 주는 무대 위 행복

크게 꾸라' 식의 자기계발 책 영향 때문인지 하고 싶은 일이 너무 많아서 탈이라는 부류도 많다. 하고 싶은 게 많다는 건 좋은 말이지만, 정작 꼭 해야 할 것은 하지 않은 채 꿈만 꾸면서 머릿속으로만 고민하다 보면 아무것도 할 수 없다. 그럴 때는 구체적으로 하고 싶은 것과 반드시 해야 할 것을 구분하여 선택해야 한다. 자존감을 높이려면 작은 결정부터 잘해야 한다. 작은 결정들이 모여 큰 결정을 이루고, 중요한 결정들을 잘 해낼수록 자존감도 상승한다.

현실적인 자기인식 증진하기

지혜롭게(분수에 맞게) 생각하라. 자신의 분수에 맞게 생각한다는 것은 정직하고 현실적으로 생각한다는 말이다. 현실적인 자기인식은 건강한 자존감의 필수요소다. 자신을 조금이라도 잘못 이해하면 왜곡된 자아상이 생긴다. 우리는 자신이 누구이며 어떤 사람인지 현실적으로 알아야 한다. 그렇게 하는 것이 아무리 고통스럽다 할지라도 말이다. 교만은 비현실적인 자기인식이라는 특징을 갖고 있다. 교만은 자기인식이 아니라 자기 은폐다. 이러한 형태의 교만은 대개 열등감을 보완하려는 과장된 자아상과 연관이 있다. 열등감에 저항해서 일어난 방어기제인 것이다. 불안정한 느낌이 들고 자신의 참된 강점을 현실적으로 이해하지 못할 때, 자신이 성취한 것으로 우쭐해하게 된다.

우리 안에 있는 메뚜기의 위협을 극복하기 위해 우리 안의 몇 안 되는 거인을 과대 포장해야 할 때 교만에 빠지기 쉽다. 그것은 건강한 자존감과는 거리가 멀다. 건강한 자존감은 현실적인 자기인식에 기초하기 때문이다. 교만은 겸손의 반대다.

낮은 자존감을 가진 사람이 현실적인 자기인식을 가지려면 여러 가지 왜곡된 인식을 바로 잡지 않으면 안 된다. 생애 초기에 형성된 자아상에 지금까지도 계속해서 지배당하고 있는 사람들을 어렵지 않게 찾을 수 있다.

우리 안에 있는 메뚜기는 그렇게 작지도 않지만, 우리가 두려워하는 만큼 그렇게 많지도 않다. 아마도 우리는 오랜 세월 동안 우리 안에 있는 거인을 숨기거나 일부러 무시했는지도 모른다. 일반적으로 우리는 실패를 과장하고 강점은 축소하는 경향이 있다. 이러한 왜곡은 건강한 자존감을 갖지 못하게 한다.

이렇게 왜곡된 생각을 현실적으로 평가하고 고치는 과정을 갖는 것은 매우 보람 있는 경험이 될 수 있다. 누군가가 그의 참자아를 발견하는 것을 지켜보는 일은 치료자로서 큰 기쁨이다.

이러한 자기발견을 촉진하려면 누군가와 그 과정을 나누어야 한다. 개인적인 기도 생활을 통해 이 과제를 성공적으로 할 수 있었던 사람들을 보기는 했지만, 하나님은 우리에게 다른 사람들과 함께 교제하는 관계를 맺도록 해 주셨다. 신뢰할 수 있는 가까운 친구나 소그룹은 엄청난 도움이 된다.

강점 약점 점검하기

삶 속에서 발견할 수 있는 모든 메뚜기(약점)를 열거하는 것에서부터 시작하라. 그 옆에 자기 안의 거인(강점)도 적어두라. 그런 후 가까운 친구에게 가지고 가서 하나하나씩 주의 깊게 평가하고, 친구의 조언에 따라 더할 것은 더하고 뺄 것은 빼라. 자신의 결함을 축소하거나 부인하지 말고, 자신의 강점을 인정하는 것에 저항하지도 말라. 우리의 목표는 현실적으로 자신을 인식하는 것이며, 자신에 대해 분명한 청사진을 갖는 것이다.

정직하라. 자신의 불완전함을 직시하는 용기를 가져라. 친구에게 진실하게 말하되 고의적으로 비판하지는 말아 달라고 부탁하라. 여유를 갖고 그 과정을 서두르지 마라. 차례를 바꾸어 친구도 그런 시간을 가질 수 있도록 하자. 사실 서로 함께 나누는 과정이 더 효과적이다.

강점과 약점 목록을 작성하고 친구로부터 그 목록에 대해 동의한다는 확인을 받으면, 우선 자신의 메뚜기(약점)를 하나씩 점검해 보라. "이것이 정말로 약점인가?"하고 스스로에게 물어보라. 자신의 성격 중 한 번도 성장하거나 성숙하도록 허락되지 못한 부분이 있음을 받아들여라. 조금만 노력하고 격려하면 이러한 메뚜기가 거인으로 바뀔 수도 있다. 불리한 약점이 자산이 될 수도 있는 것이다.

삶 속에서 계발되지 못한 영역은 누구에게나 있다. 우리는 더 사랑할 수 있으며, 다른 사람에게 더 투명해질 수 있고, 더 믿음직한 사람이 될 수도 있다. 약점을 강점으로 바꿀 방법을 계획하라. 종종 자신의 부족한 부분을 바라보는 시각을 바꾸는 것이 우선적일 때도 있다. 약점을 개선할 수 있다는 믿음은 더 나아지기 위한 시작으로 충분하다.

자기 안의 거인도 면밀히 바라봐야 한다. 어쩌면 지금껏 한 번도 그 거인을 받아들이고 소중히 여기지 않았는지도 모른다. 재능은 숨길 것이 아니라 계발하고 사용해야 하는 것이다. 이상하게도 주변에 메뚜기가 너무 많아지면 우리 안의 거인은 그 힘을 잃고 숨어버리는 경향이 있다. 자신의 강점에 대해 올바른 태도를 가지면 자신의 약점을 수용할 용기를 더 많이 갖게 된다. 자신의 강점을 어떻게 사용할 수 있는지 알아서 그 강점이 하나님을 섬기는 데 사용되게 해 달라고 하나님께 구하라.

이는 역동적인 과정이라 한 번만으로 다 이루어지리라 기대해서는 안 된다. 처음 시작할 때는 자신의 성격 중에서 매우 분명하고 표면적인 측면만을 다루고 있을지도 모른다. 이 과정을 거치면 더 미묘하고 잘 알아내기 어려운 메뚜기들을 발견하고, 전에는 있는지도 몰랐던 거인들이 있음을 알게 될 것이다. 삶 속에서 다양한 단계들을 대할 때마다 계속해서 그 과정을 반복하라. 언제나 작업해야 할 그 어떤 것을 발견하게 될 것이다.

통찰력이 있고 정직한 친구의 도움이 있다면, 자신의 강점과 약점을 찾아내기가 훨씬 더 쉬울지도 모른다. 그러나 자신을 완전히 수용하는 단계는 오로지 자신만이 할 수 있다.

자신을 완전히 수용하기

자신을 완전히 수용하는 수준에 도달하는 것은 가장 어려운 단계다. 우리 속에 수없이 많이 있는 비합리적인 사고와 신념을 주로 다루어야 하기 때문이다.

왜 이 단계가 꼭 필요한가? 분수에 맞는 생각을 하는 것은 자신의 부정적, 긍정적 자질들을 지적으로 인정하는 것에 그치지 않는다. 만약 충분히 동기 부여가 되어 있고 외부의 지원을 어떻게 끌어다 쓸지 안다면, 바꿀 수 있는 약점들이 있을 것이다. 큰 어려움 없이도 이러한 변화는 가능하며, 최소한 그 과정이 시작될 수는 있다.

그러나 우리가 좋아하지 않지만 바꿀 수 없는 인격적인 측면에 대해서는 어떻게 할 것인가? 절망에 빠지고 말 것인가? 그러지 않기를 바란다. 계속해서 자신을 혐오할 것인가? 그렇게 하면 원망만 더 늘어날 뿐이다. 만약 자신이 알고 있는 것을 받아들이지 못하면, 자신에 대해 알면 알수록 원망은 더 커져만 갈 것이다. 고착되어 바뀌지 않는 것이든 바꿀 수 있는 것이든, 같은 지점 곧 자신을 완전히 수용하는 단계에서 시작해야 한다.

이 단계를 밟으라는 것이 자신의 부적절함에 굴복하라고 주장하는 의미는 아니다. 바꿀 수 있는 것은 무엇이든 바꾸는 노력을 해야 한다. 이때는 단순히 자신이 지금 어디에 있는지 현실적으로 인식하는 단계이자 출발점인 것이다.

자기 정죄의 굴레에서 벗어나고 바꿀 수 없는 것에 대해 어떻게 해야 하는지 모르는 덫에 빠지지 않도록 해 준다. 바꿀 수 있는 측면에서는 지금 자신이 어디에 있는지 알고 바꿀 수 없는 부분에 대해서는 원망하지 않고 수용하는 자리로 옮겨가야 한다. 그렇게 하려면 용기가 필요하다.

나를 있는 그대로 받아들여라

풀러 신학대학교의 한 학생이 선교를 위해 아프리카로 갔다. 그는 만나는 사람마다 좋아하는 매력적인 사람이었다. 그가 옛날부터 그랬던 것은 아니었다. 어린 시절 그는 자기 속에 있는 낮은 자아상인 메뚜기를 혐오했다. 처음에는 자신의 코가 길고 불쑥 튀어나왔다고 싫어했다. 그 결과, 그는 자기 존재 전체를 경멸하기 시작했다. 삶이 만족스러울 리 없었다. 어느 날이었다. 자신에 대해 고민하던 그는 혼자 힘으로 자신의 결함과 타협하기에 이르렀다. 현실적인 자기인식을 한 것이다. 그것은 거울 밖에서 매일 그를 응시하던 현실이었다. 그러나 그가 자신을 완전히 수용한 것은 아니었다. 성형수술로 그의 코를 바꿀 수도 있었겠지만, 그것은 자기수용이 아니었다. 그는 하나님 앞에 무릎을 꿇고 자신을 수용하게 해달라고 기도했다. 그러자 놀라울 정도로 자유로운 마음이 잇따랐다. 그는 자신의 결함을 바라보면서 스스로 '괜찮아' 라고 말할 수 있게 되었다. 그날 이후 그는 완전히 다른 사람이 되었다.

"세상아, 너는 나를 있는 그대로 받아들이는 것이 나아, 이게 내가 보여줄 수 있는 모든 것이니까."

이 말은 그가 제일 선호하는 표현이 되었다. 그와 함께 새로운 태도와 자유가 찾아왔고, 그는 아름다운 사람이 되었다. 모든 사람이 그를 좋아했다. 그의 코에 신경을 쓰는 사람은 아무도 없었다. 이후 그는 무조건 자신을 수용하는 용기를 갖게 되었고 자신을 자유롭게 풀어놓았다.

그러나 이 단계는 실패할 가능성도 열어놓아야 한다. 인간이기 때문에 언젠가 실패를 할 수도 있다.

그러므로 현실적으로 자신을 인식하려면, 실패하기 쉬운 경향에 대해 정직하게 평가하고, 실패에 대해 가진 태도를 다시 살펴봐야 한다. 진정 자신을 수용하려면 자신이 실패하는 것을 허용해야 한다. 그래서 실패를 당했을 때 그로 인해 우리의 자아상이 황폐해지지 않게 해야 한다.

이 모든 것들은 비합리적인 사고 과정에 의해 방해를 받을 수도 있다. 인간인 우리에게는 비합리적으로 생각하는 능력이 의외로 많다. 부적절감과 열등감은 종종 자신에 대한 비현실적인 기대에 뿌리를 두고 있으며, 그것은 결국에는 낮은 자존감이라고 하는 비합리적인 신념으로 이어질 수 있다.

"실패는 성공의 어머니다."라는 말이 있다. 얼마나 옳고 타당한 말인가? 그런데 우리는 왜 실패를 자신을 파괴하는 데 쓰고, 성장의 원동력으로는 쓰지 않는가? 비현실적인 목표를 세우고 실수에 대해 어떤 대비도 하지 않은 채 그 기대를 충족시키려 하는 것은 스스로 실패를 예정해 놓는 것과 같다.

Point

삶 속에서 계발되지 못한 영역은 누구에게나 있다. 우리는 더 사랑할 수 있으며, 다른 사람에게 더 투명해질 수 있고, 더 믿음직한 사람이 될 수도 있다. 약점을 강점으로 바꿀 방법을 계획하라.

아버지가 들려 주는 무대 위 행복

PART
04

무대 위의
행복 십계명

건강한 자아상을 유지하는 것은 몸을 단련하는 것과 비슷하다. 건강하고 균형 잡힌 몸매를 유지하기 위해서는 지속적인 운동을 해야 하듯, 자아상을 건강하게 유지하려면 마음의 근력을 키워야 한다.

01

자신을 먼저 대접하라

자아상의 바탕이 되는 자존감은 자신감과 다르다. 자신감이란 어떤 일을 성취할 수 있는 자신의 능력에 대한 강한 믿음 즉, 어떤 일이나 목표를 이뤄낼 수 있다고 믿는 믿음이다. 자존감은 자신의 존재와 가치에 대한 인식으로서 자신을 자신으로 받아들이는 느낌이다. 자신감이 조건[Doing]에 관련된 것이라면, 자존감은 존재[Being]에 관한 것이다. 따라서 자신감은 외부상황에 따라 가변적이지만, 자존감은 외부상황에 상관없는 불변의 가치이다.

인간은 자신감만으로는 행복을 유지하기 어렵다. 자신감은 성공을 이뤄내는 조건이기 때문에 성공할 시에는 행복의 정점에 있을 수 있지만, 실패할 시에는 절망의 나락으로 떨어질 수 있다. 다만 건강한 자아상이 바탕이 된 자존감이라면 그런 상황에서도 안정과 평화를 누릴 수 있고 재기에 성공할 수 있다. 혹여 물질적으로 풍요롭게 재기하지 못한다고 할지라도, 나름대로 행복의 가치를 찾아 누릴 줄 안다. 따라서 행복의 진짜 조건은 건강한 자아상이다.

자아상이 부정적일 때의 사람은 자기를 혐오한다. 이런 사람들 중에는 거울보기를 싫어하고 사진 찍기를 싫어하는 이들이 많다. 그러면서 '못생겼다' '뚱뚱하다' '시커멓다' '키가 작다.' '초라하다' 라는 식으로 자기를 폄하한다. 남들의 인정과 칭찬도 진심으로 받아들이지 않고 그저 입에 발린 말로 치부한다. 그런 까닭에 남들 눈에 띄는 것을 싫어하고 사람들 속으로 들어가려 하지 않는다. 모임에서도 잘 어울리지 못하고 먼발치에 덩그러니 혼자서 다른 사람들의 모습만 물끄러미 바라본다.

다른 사람과의 관계에서는 이기적인 속성이 문제로 드러난다. 자기중심적인 특성은 집착을 유발하게 되는데, 자기주장만 하느라 남의 말을 듣지 않는다. 남의 말을 듣지 않으면 대인관계 형성에 실패함으로써 더욱 고립되고 만다.

모든 언행이 부정적이라서 인정과 칭찬은 절대로 하지 않으면서, 남의 행동에 꼬투리를 잡는 등 시기심과 질투심으로 가득 차 있다. 이로 인해 자기보다 뛰어난 사람 앞에서는 한없이 초라해지는 열등감의 늪에 빠지고, 자기보다 못한 사람 앞에선 교만이 하늘을 찌르는 우월감을 드러내어 오만방자한 언행을 일삼는다. 우월감과 열등

아버지가 들려 주는 무대 위 행복

감은 반사적으로 작동되는데, 그 감정의 기복이 워낙 커서 통제가 불가능하다. 이런 경우 양극성 성격장애(조울증)로 드러날 수 있다. 결국 부정적 자아상으로 인해 자기도 죽고 남도 죽게 하는 가슴 아픈 결과를 낳는 것이다.

자기를 받아주고 대접하라

부정적 자아상을 가진 사람이 긍정적 자아상을 갖기 위한 첫 작업은 자기 자신을 있는 그대로 받아들이는 것이다. 그 다음 작업은 자신을 대접하는 연습이다. 자신을 귀한 손님처럼 대접해 주어라. 먹고 싶은 음식이 있을 때 주저하지 말고 사서 먹으라. 마음에 드는 옷이 있으면 그냥 사 입으라. 하고 싶은 일이 있으면 미루거나 아끼지 말고 행동으로 옮겨라. 사치하라는 말이 아니라, 부정적 자아상에 의해 미루고 포기하고 체념하고 유보했던 것들을 지금 자신에게 해 주라는 것이다. 자신을 세상에서 아주 중요한 사람, 귀한 손님으로 대접해 주라는 뜻이다.

부정적 자아상은 사랑의 탱크에 사랑이 채워지지 않아서 생기는 결과다. 그 사랑의 양은 어릴 때 부모와 가족들을 통해서 채워야 하는데 ,그들이 채워주지 못했다면 이젠 스스로 그 탱크를 채워주어야 한다. 다른 사람이 채워주지 않았다고 원망만 하고 살기에는 인생이 너무 짧고, 행복하게 살지 못하기엔 인생이 너무 아깝다. 그러니 자기 자신을 극진하게 대접해 주어라.

자신을 충분히 대접해 주어서 사랑의 탱크가 가득 차면, 드디어 그 사랑이 외부로 흘러가기 시작한다. 나눌 뿐 사랑을 구걸할 필요가 없는 존재가 되어, 더 이상 열등감과 우월감의 노예로 살 필요가 없게 된다. 자신의 부족함이 드러나도 그것이 부끄럽지 않다. "그래, 그게 나다!"라고 말할 용기도 생긴다. 내가 나를 받아주는 공간만큼 다른 사람도 받아들이는 공간도 생긴다. 또 내 실수에 대해서 잘못을 인정할 줄도 알고 사과를 구할 줄도 안다.

자신을 대접하는 P씨

강사활동을 하는 P씨는 최근 최신형 DSLR 카메라를 구입했다. 평소에 사진 찍기를 좋아하는 그는 새 카메라를 사고 나서 행복에 겨워 있다. 조금 특별한 기능을 가진 카메라로서 자기 자신을 위해서 선물을 해 준 것이기 때문이다. 시골의 가난한 집에서 막내로 자란 그는 자기 물건을 가져본 적이 없었다. 옷도 큰 형이 입던 옷을 작은 형들을 거쳐 물려받았다. 명절에도 새 옷을 입어 본 적이 없었다. 그런 환경에서 자란 그에게 한동안 고가의 카메라는 언감생심이었다. 늘 좋은 카메라를 가진 친구들을 부러워하기만 했다. 어른이 되었지만 결혼을 해서 가정을 꾸리다 보니 취미생활을 할 여유도 없었다. 게다가 DSLR이 워낙 고가이다 보니 선뜻 구입하기도 만만치 않았다.

그러다 P씨는 자아상에 대한 강의를 듣고 난 후, 자기를 대접해 주기로 했다. 어린 시절에 인정과 칭찬을 받은 적이 별로 없었지만, 지금이라도 나 자신을 칭찬을 해 주기로 했다. 문구점에 가서 초대형 빨간색 돼지 저금통을 사 왔다. 그리고 저금통에 '내가 생각해도 내가 정말 잘 했을 때 주는 상금'이라고 써 붙였다. 강사료가 높은 강의를 따냈을 때, 분위기가 어렵고 힘든 상황인데도 탁월하게 강연 분위기를 이끌어냈을 때마다 1-2만원의 상금을 돼지저금통에 넣었다. 또, 발품을 팔아 좋은 물건을 싸게 샀을 때 생기는 차액과 안 쓰던 물건을 처분해서 생기는 돈도 모두 저금통에 넣었다. 그렇게 2년이 지나자 3백만 원이 넘는 돈이 모였고, P씨는 꿈에 그리던 고가의 DSLR 카메라를 구입할 수 있었다. 그는 카메라를 볼 때마다 그렇게 행복할 수 없다고 한다. P씨는 카메라를 따로 보관함에 넣지 않고 TV장 위에 올려놓고 항상 눈에 보이도록 하고 있다. 카메라 메고 사진 찍으러 나갈 때는 물론이고 집에서 나갈 때 그리고 집으로 들어올 때 TV장에 놓인 카메라를 바라보는 것만으로 그렇게 행복하단다. 왜 진작 이렇게 자기를 대접하는 좋은 방법을 쓰지 못했는지 아쉬울 정도라고 했다.

02

당당하라

긍정적 자아상을 가진 사람은 자기 자신을 사랑하고 자기의 가치를 충분히 알고 있기 때문에 생각과 행동에 여유를 가진다. 그래서 복잡한 문제를 만나도 당황하지 않고 침착하고 냉정하게 문제를 해결한다. 복잡한 문제는 시간이 조금 더 걸릴 뿐 해결하지 못할 것은 아니라는 사실을 알기 때문에, 허리를 동여매고 팔을 걷어붙인다. 그렇게 문제를 해결 나고 나면 자신의 능력을 확인하고 성취감과 자신감을 얻게 된다. 그러나 부정적 자아상을 가진 사람은 문제를 만나면 그만 거기에 함몰되어 버린다. 큰 문제는 큰 문제대로, 작은 문제는 작은 문제대로 힘겹기만 하다. 그러다보면 자신감은 점점 더 떨어진다. 성취경험이 없으니 문제가 생길까봐 노심초사하게 되니, 심리적으로 점점 더 위축되고 그나마 가졌던 능력도 사장되고 만다.

아버지가 들려 주는 무대 위 행복

자녀양육과 교육은 부모들의 지상 과제다. 누구보다 자기 자식을 잘 키우고 싶고 행복하게 해 주고 싶다. 교육은 들은 대로 따라가는 것이 아니라 본 대로 따라간다. 따라서 자녀가 건강한 자아상을 가진 존재가 되게 하려면 본보기인 부모의 자아상이 건강해야 한다. 성인군자 같은 모습만 보이라는 것은 아니다. 자녀들의 우상이 될 필요도 없다. 그저 있는 그대로의 모습을 자녀들에게 보여주면 된다. 자기 자신에 대해서 당당하다면 비록 자신의 약점이 드러난다고 해도 자녀들이 비난이나 공격할 이유가 되지 않는다. 아는 것을 안다고 말하고 모르는 것을 모른다고 말하고, 실수를 했을 때 시인하고 사과할 줄 아는 모습을 보여주는 것으로 충분하다. 또 자녀의 있는 모습 그대로 받아주면 이를 경험한 아이는 부모와의 관계에서 격이 없게 된다. 따라서 대화가 자연스러우며 강한 친밀감으로 결속된다. 이런 분위기에서 자란 자녀는 정서적으로 안정되어 있고 감성지수가 높다.

연주자는 다른 연주자를 부러워하지 않는다

사)지구촌가정훈련원에서는 매년 연말이 되면 가족음악회를 개최한다. 전문 음악인들도 출연을 하고, 그 단체와 연관된 사람들 중에서 음악적 재능이 출중한 사람들이 출연을 한다. 성악을 하는 사람, 첼로를 연주하는 사람, 클래식 기타를 연주하는 사람도 있다. 그런데 이들이 열심히 연주하는 모습도 보기 좋지만, 다른 연주자의 연주할 때 그 음악을 즐길 줄 아는 모습이 더욱 좋다. 다른 연주자가 연주를 마치면 환호성을 보내고 엄지를 치켜세워주며 최고의 연주였다고 찬사를 보낸다.

다른 사람의 연주, 다른 악기의 매력을 충분히 인정하고 즐기면서 자기의 연주, 자기 악기의 매력도 충분히 인정할 줄 아는 것이다. 그들의 모습을 옆에서 지켜보면서 정말 실력 있는 사람은 다른 사람도 인정할 줄 안다는 것을 알게 되었다. 그리고 무대에 올라서면 그 누구보다 당당하고 자신감 넘친다는 것을 알았다. 우리도 세상이라는 무대로 보냄을 받았다. 거기서 내가 어떤 연주를 할지는 오롯이 내 몫이다. 마련된 무대에서 나의 특별함을 드러내고 탁월한 능력을 보여주면 된다.

첼리스트가 기타리스트를 부러워 할 수 있고, 기타리스트가 첼리스트를 부러워할 수는 있다. 그렇다고 해서 첼리스트가 기타리스트만큼의 실력을 갖지 못한 자신을 비관할 필요 없고, 기타리스트가 첼리스트만큼의 실력을 갖지 못한 자신을 비관할 필요 없다. 자기 악기의 실력자이면 충분히 당당할 수 있다. 세상은 그렇게 살아야 행복하다.

나는야 빵 박사다

Y씨는 제빵사다. 가난한 집에서 태어나 어릴 때부터 제과점에서 일을 배웠다. 지금은 제빵사가 되어 동네에서 유명한 빵집인 자기 가게를 가지고 있다. 그런데 그는 늘 학력 콤플렉스를 가지고 있었다. 대학졸업자를 만나면 주눅이 들었고, 박사학위를 가진 사람 앞에선 한없이 낮아졌다. 그런데, 자신이 출석하는 교회 남전도회에 새 신자가 왔는데 어느 대학의 교수였다. 당연히 박사학위를 가지고 있는 사람이었다. 마침 Y씨와 같은 나이라 서로 교제하게 되었는데, 그가 교수인데다 박사이기에 쉽게 다가가지 못했다.

그러던 어느 날이었다. 그 교수가 Y씨가 만든 빵을 먹어보더니 이렇게 말했다. "세상에! 집사님! 이 빵 진짜 맛있네요. 제가 먹어본 빵 중에 이렇게 맛있는 빵은 처음입니다. 무슨 특별한 비법이 있습니까?" 그러자 Y씨는 그동안 연구했던 것을 기록한 노트 이야기를 꺼냈다. 최고의 빵을 만들기 위해 늘 비교 연구하고 실험했던 Y씨였다. Y씨의 이야기를 듣던 교수는 이렇게 말했다.

"정말 대단합니다. 그 정도 열정을 가지고 이렇게 맛있는 빵을 만들어냈다면 집사님이야말로 빵 박사입니다. 전 죽었다 깨어나도 이렇게 맛있는 빵 못 만들어 냅니다. 이렇게 맛있는 빵을 만들 수 있는 집사님이 부럽습니다. 이것은 집사님만이 할 수 있는 특별한 능력입니다. 이렇게 맛있는 빵을 늘 먹을 수 있게 되어서 제가 아주 행복합니다. 우리 빵 박사님 덕분입니다."

그 이후로부터 Y씨는 당당해졌다. 어딜 가든지 자기를 소개할 때 "반갑습니다. 빵 박사 ○○○입니다."라고 했다. 아예 명함에도 빵 박사라고 새겨 넣고 간판도 아예 〈빵박사 빵집〉으로 바꿨다. 그 덕분에 매출도 훨씬 더 늘었다.

Point

긍정적 자아상을 가진 사람은 자기 자신을 사랑하고 자기의 가치를 충분히 알고 있기 때문에 생각과 행동에 여유를 가진다. 그래서 복잡한 문제를 만나도 당황하지 않고 침착하고 냉정하게 문제를 해결한다.

아버지가 들려 주는 무대 위 행복

03

비교하지 말라

남의 시선 의식하지 말라

사역을 하면서 영화배우들을 만날 기회가 있었다. 배우들의 생명은 배역에 달려 있다. 좋은 배역에 발탁되기 위해 고군분투하는 배우들을 보면 눈물겹기까지 하다. 탁월한 외모와 훌륭한 연기로 인기배우가 되어도 그 인기를 유지하기 위해서는 엄청난 노력을 해야 한다. 늘 사람들의 평가를 염두에 두고 언행을 조심해야 한다. 영화평론가들의 평론에도 신경 써야 한다. 그래서 배우들은 항상 남의 시선과 평가에 신경을 곤두세우고 살 수밖에 없다.

오랫동안 인기를 유지하고 있는 배우는 출중한 연기력과 함께 강철 같은 멘탈을 가지고 있다는 것도 기억해야 한다. 늘 외부의 평가에 초점을 두다 보면 갈대처럼 쉽게 흔들릴 수도 있다. 하지만 자기 스스로가 만족하고 인정할 줄 아는 사람은 그런 것에 흔들리지 않는다. 멘탈이 약한 배우들은 외부의 평가에 연연하다가 그 부담감과 압박감을 견디지 못해 마약을 하거나 각종 중독에 빠지기도 한다.

성형의 왕국이라고 불리는 만큼 우리나라에는 실력이 출중한 성형외과 의사들이 많다. 수요가 그만큼 많다는 뜻이다. 성형수술이 그토록 유행하는 이유 중 하나가 낮은 자존감일 것이다. 부정적 자아상으로 낮은 자존감을 갖고 있으면, 자기 자신을 있는 그대로 인정하거나 사랑하지 않는다. 자신에 대한 자신감이 없는 사람은 자기를 삶의 기준으로 세우지 못하고, 늘 다른 사람의 시선에 자기 삶을 맞추려고 한다. 성형수술을 해서라도 남들의 기준에 들고 싶어 한다. 그렇게 해서라도 다른 사람들의 관심을 얻으려고 몸부림친다. 성형을 해서 얻은 그 미모가 얼마나 오래갈 수 있을까? 성형수술의 부작용으로 고통 받고 있는 사람은 얼마나 많은가? 그렇게 얼굴을 잘 뜯어고친다는 성형외과 의사도 만들어주지 못하는 것이 있다. 바로 표정이다. 표정은 오롯이 본인의 몫이다. 표정이나 인상은 그 사람의 내면이 그대로 겉으로 드러나는 것이다. 표정과 인상을 좋게 하기 위한 수술 방법은 없다. 오로지 긍정적 자아상을 가져야 하고 교양을 쌓아 내면적 자신감이 넘쳐야 가능하다.

많은 연예인들이 마약이나 알코올 중독에 빠지는 이유가 떨어지는 인기를 받아들이기 어려워서라고 한다. 배역에 따라, 역할에 따

아버지가 들려 주는 무대 위 행복

라 또 나이가 들어감에 따라 인기는 얼마든지 변동할 수 있다. 인기란 것 자체가 안개 같은 것이어서 아침에 잠깐 있다가 금세 사라지는 속성이 있다. 움켜쥘 수 있는 것도 아니다. 인기가 있을 때는 인기 있는 대로, 인기가 없을 때는 또 그대로 인정하고 받아들이면 된다. 인기가 있든 없든 자신의 가치는 변함이 없다. 그러면 그는 인기를 얻고 인기를 유지하기 위해 아등바등하지 않게 된다. 그리고 외적 아름다움은 잠깐이지만 내적 아름다움은 영원하다.

노년의 삶이 더 아름다웠던 배우 오드리 헵번

사람이 아니라 살아있는 인형이라고 불렸던 벨기에 출신 미국 영화배우가 있었으니, 그 이름은 오드리 헵번(Audrey Hepburn)이다. 그녀는 24살 때 영화 〈로마의 휴일, Roman Holiday〉로 세계적인 스타가 됐다. 이후 〈사브리나, Sabrina〉, 〈하오의 연정, Love in the Afternoon〉, 〈티파니에서 아침을, Breakfast at Tiffany's〉에서 잇달아 성공을 거둠으로써 '세기의 요정'으로 이름을 날렸다. 그런데 그녀는 젊었을 때의 삶보다 말년의 삶이 훨씬 더 아름답다. 헵번은 1988년 유엔 유니세프(UNICEF)의 명예대사가 되어 남미와 아프리카 어린이 돕기에 나섰다. 그녀는 영어, 네덜란드어는 물론이고 스페인어, 불어, 이태리어에 능통하여 국제 기자회견장에서 인도주의자로서의 역량을 유감없이 발휘했었다. 1993년 1월 20일 스위스에서 사망할 때까지 유니세프 명예대사직을 수행했고, 1993년에는 아카데미 인도주의상 [Jean Hersholt Humanitarian Award]을 수상했다.

오드리 헵번처럼 긍정적 자아상에 바탕을 둔 자존감이 높아지면 다른 사람의 시선은 더 이상 아무런 의미가 없다. 인기에 연연하지도 않는다. 스스로 자기 자신을 인정하는 법을 알기 때문이다. 누구나 스스로 스타이고 스스로 VIP이다. 자존감이 높은 사람은 의식 세계가 크고 풍요롭다. 이런 부요의식이 넉넉해지면 자기 자신을 칭찬할 뿐만 아니라 남을 칭찬해 줄 수 있는 여유로움도 나타난다. 칭찬해 주는데 싫어할 사람은 없다. 칭찬은 따뜻한 기류와 같고, 밝은 빛과 같아서 사람들이 호감을 갖고 주위에 모여들게 된다.

자기만의 색깔로 살았던 탤런트 전원주

전원주 씨는 탤런트로서 신체적 조건으로만 보자면 그다지 썩 내세울만한 게 없다. 외모나 키, 몸매 등이 다 그렇다. 그래서 드라마의 여주인공이나 로맨스물의 주인공이 된 적은 단 한 번도 없다. 가장 많이 맡은 배역이 가정부였다. 오죽하면 그의 아들이 초등학교 다닐 때 "엄마 제발 식모 역할 좀 하지 마!"라고 했을까? 그녀의 아들은 학교에서 아이들이 놀리는 바람에 얼굴을 들 수가 없었다고 한다. 그렇다고 그런 자신의 처지를 비관만 하고 있을 수는 없었다. 타고난 외모와 몸매, 키는 자기가 바꿀 수 있는 것도 아니었다.

어느 날, 그녀는 바꿀 수 없는 것에 목숨 걸지 말고 자기가 가지고 있는 것을 가지고 세상을 살자고 결심했다. 그런 자신을 있는 그대로 받아들이기로 하고 힘든 일, 서러운 일, 자신의 약점을 웃어넘기기로 결심했다. 그 때부터 방송국에 오면 누구를 만나든 큰 소리로 웃었다. 그러다보니 어느 새부터 큰 소리로 웃는 여자의 표상이 되었다. 그 큰 웃음소리 덕분에 캐스팅 받은 드라마가 KBS1 TV의 〈대추나무 사랑 걸렸네〉였다. 이 드라마는 자그마치 852부작으로서 1990년 9월 9일에 시작해서 2007년 10월 10일까지 17년 동안 장기 방송된 드라마였다. 이후에도 전원주 씨는 자신에 맞는 역할을 도맡아하면서 연기생활을 이어나갈 수 있었다. 지금 주부대학에서 운명을 바꾼 사람이라는 주제로 강사활동을 하고 있을 만큼 열정적인 삶을 살고 있다.

선천적 척추장애인 집사

어릴 때 척추장애인이 된 어떤 신자가 있었다. 그는 늘 불평과 원망을 가지고 살았다. 어느 날 하나님께 따졌다. "하나님, 왜 나를 이렇게 만드셔서 한 평생 힘들게 하십니까?" 그때 하나님께서 대답하셨다. "내가 너를 얼마나 사랑하는지 아느냐? 너의 불편한 몸은 나의 영광을 위한 것이다. 내가 너의 등을 얼마나 사랑하는 줄 아느냐?" 하나님의 응답을 들은 그때부터 그는 장애로부터 자유로워졌다. 예배 때면 예배당 맨 앞자리에 앉는다. 왜 그렇게 늘 앞쪽에 앉느냐고 물으면, 활짝 웃으면서 이렇게 대답한다. "예배드리러 온 사람들이 내 굽은 등을 보면서 자기 몸이 온전한 것에 감사한다면, 그래서 하나님의 사랑을 깨닫게 된다면 나는 하나님의 귀한 도구로 쓰임 받고 있다는 증거가 되니까요."

Point

오랫동안 인기를 유지하고 있는 배우는 출중한 연기력과 함께 강철 같은 멘탈을 가지고 있다는 것도 기억해야 한다. 늘 외부의 평가에 초점을 두다 보면 갈대처럼 쉽게 흔들릴 수도 있다. 하지만 자기 스스로가 만족하고 인정할 줄 아는 사람은 그런 것에 흔들리지 않는다.

아버지가 들려 주는 무대 위 행복

04

베풀어라

하나님은 에덴동산을 완벽하게 지으신 후 통째로 인간에게 주셨다. 그리고 인간이 그 모든 것을 누리는 주체가 되었을 때 "보시기에 심히 좋았더라."고 하시며 하나님이 더 기뻐하셨다. 하나님은 처음부터 주면서 더 기뻐하시고 주면서 더 넉넉해지고 풍성해지는 역설의 삶을 보여주셨다. 하나님의 형상을 따라 지음 받은 인간도 베푸는 주체, 나누는 주체가 될 때 훨씬 더 행복해지게 된다. 그 결과는 둘 다 좋은 관계[win-win]이다.

이스라엘의 2대왕 다윗은 왕이 되었을 때 자신의 '절친'이었던 요나단의 아들 므비보셋을 자기 자식처럼 챙겼고, 왕자들 중 하나처럼 왕의 밥상에서 먹도록 하였다. 보통 왕이 되면 이전 왕의 혈족들을 다 죽이는 것이 보통이었으나, 다윗은 그렇게 하지 않았고 오히려 호의를 베풀었다. 이에 므비모셋은 "죽은 개 같은 나를 돌아보시나이까?"라면서 감동하였다. 후에 다윗이 아들 압살롬의 반역으로 예루살렘에서 쫓겨날 때 므미보셋은 반역자의 무리에 서지 않고 다윗에게 끝까지 충성했다.

은혜를 기억하라

매일 가슴 따뜻한 이야기를 메일로 보내주는 따뜻한 하루〈good@onday.or.kr〉에서 2020년 7월 29일 '당신의 받은 은혜를 기억하라' 라는 글을 보내왔다.

2001년, 한 사업가가 무려 300억 원이라는 거금을 카이스트 대학에 기부하여 큰 화제가 되었다. 2014년 같은 사업가가 또 다시 215억의 재산을 기부하여 많은 사람들을 다시 한 번 놀라게 했다.

기업이나 법인이 아닌 개인이 실행한 기부로 역대 최고의 기부액을 기록한 이 사업가는 '미래산업'의 정문술 회장이다. 정문술 회장이 카이스트에 기부하면서 내건 조건 한 가지가 있었다. 기부금의 집행을 카이스트의 이광형 교수에게 맡긴다는 것이었다.

많은 사람들이 어떻게 이런 큰돈을 한 사람에게 믿고 맡길 수 있는지 궁금해 했다. 그러자 정문술 회장은 이렇게 대답했다.

"연구 발전이 안 되어 우리 사업이 부진하고 회사가 큰 어려움을 겪고 있을 때였습니다. 부탁한 것도 아닌데 이광형 교수가 찾아와 우리 회사에 첨단기술을 전수해 주었습니다. 그 고마움을 한평생 내가 잊을 수가 없습니다. 그리고 어떻게 해서든지 나는 이 은혜를 갚고 싶었습니다."

그러자 사람들은 이광형 교수에게 어째서 그 회사에 찾아가서 그 훌륭한 기술을 그냥 전수해 주었는지 물었다.

"국가가 저를 선진국 유학까지 시켜서 저를 과학기술인으로 만들어 주었습니다. 그러니 저 또한 어떻게 해서든지 사회에 봉사하고 보답하고 싶었습니다."

이광형 교수는 정문술 회장의 기부금으로 IT+BT 융합기술을 개발하여 차세대 먹거리를 찾는 연구를 하고 있다고 한다.

사실 받은 만큼 베푼다는 것은 말처럼 쉬운 일이 아니다. 제아무리 성실하고 이타적인 사람이라도 100을 받았으면 80이나 90 정도를 베풀고, 10이나 20 정도는 자신을 위해 사용하고 싶은 것이 어찌 보면 인지상정이다. 그런데 100의 은혜를 받은 것을 그 이상으로 이 세상에 갚는 사람이 있다. 바로 이런 사람들이 세상을 빛나게 만들어 가는 것이다. 이에 영국의 시인 바이런(George Gordon Byron)은 이렇게 말한다. "남에게 베푼 것은 잊고, 남에게 받은 은혜는 기억하라."

배려의 화신 엘리자베스 여왕

영국의 엘리자베스 여왕 때의 일이다. 청나라 사신들이 여왕의 만찬에 초대되었다. 당시 서양식 식탁에는 큰 볼에 물을 담아두곤 했다. 식사 전 손을 씻기 위한 용도였다. 그런데 서양식 식사를 한 번도 해 본 적이 없는 청나라 사신들은 그 물을 식수로 알고 자연스럽게 마셨다. 그러자 시중들던 하인들이 킥킥거리며 웃었다. 무식한 행위라는 뜻이었다. 마침 식탁으로 나오던 여왕이 그 장면을 목격하였다. 그리고 웃고 있는 시중들을 단속한 후에, 자기도 식탁에 앉아 볼에 담긴 물을 마셨다.

절영지연(絶纓之宴)

'절영지연(絶纓之宴)'이라는 고사성어가 있다. 중국 춘추시대의 초(楚)나라의 장왕(莊王)은 투초(鬪椒)의 난을 평정한 뒤, 공을 세운 신하들을 위로하기 위해 성대한 연회를 베풀었다. 밤늦게 주흥이 오르자 기분이 좋아진 장왕은 애첩 허희를 시켜 장수들에게 술을 한 잔씩 따르게 했다. 절세미녀가 술을 따르자 장수들이 자신의 차례를 기다리고 있을 때였다. 갑자기 돌풍이 부는 바람에 촛불이 다 꺼져 온 사방이 캄캄해졌다. 그때 누군가 허희를 뒤에서 끌어안고 가슴을 더듬었다. 깜짝 놀란 허희는 바로 왕에게 달려가 고하고, 그 발칙한 놈의 갓끈을 잡아끊었으니 얼른 불을 켜 그 자를 찾아 혼내주라고 했다.

아버지가 들려 주는 무대 위 행복

이에 장왕은 불을 켜지 않은 채 이렇게 말했다. "오늘은 즐거운 날이오. 오늘만큼은 임금과 신하의 격식을 버리고 제대로 즐겨봅시다. 격식을 버리자는 의미로 모두 갓끈을 끊으세요. 갓끈을 끊지 않는 사람은 이 자리를 즐기지 않는 것으로 간주하겠소." 그러자 모든 사람이 갓끈을 다 끊었다. 감히 왕의 애첩을 농락했던 범인은 노리무중이었다.

3년 후였다. 초나라는 당시 중원의 패자(覇者)였던 진(晉)나라와 접전을 벌이게 되었는데 전쟁터에서 장왕이 사로잡힐 위기에 처했다. 그러자 한 장수가 목숨을 돌아보지 않고 용맹스럽게 뛰어들어 장왕을 구하였고, 이에 초나라 군대는 승기를 잡게 되었다. 장왕이 그 장수를 불러 "과인이 평소 그대를 특별히 잘 대우해준 것도 아닌데 어찌하여 그토록 죽음을 무릅쓰고 싸운 것인가?" 하고 후한 상을 주려 하자, 그 장수는 "신은 이미 3년 전에 죽은 목숨이나 다름없습니다. 그때 전하의 온정으로 살아났는데 염치없이 어찌 또 상을 받겠습니까?" 하며 전에 갓끈 끊긴 죄인이 바로 자신임을 밝혔다.

Point

하나님은 처음부터 주면서 더 기뻐하시고 주면서 더 넉넉해지고 풍성해지는 역설의 삶을 보여주셨다. 하나님의 형상을 따라 지음 받은 인간도 베푸는 주체, 나누는 주체가 될 때 훨씬 더 행복해지게 된다.

05

정신건강을 유지하라

건강한 자아상을 유지하는 것은 몸을 단련하는 것과 비슷하다. 건강하고 균형 잡힌 몸매를 유지하기 위해서는 지속적인 운동을 해야 하듯, 자아상을 건강하게 유지하려면 마음의 근력을 키워야 한다.

글쓰기를 통한 심리치료인 저널치료의 세계적인 권위자 페니베이커(James W. Pennebaker) 박사는 글쓰기는 자신을 객관적으로 돌아보게 하며, 고통스런 사건이나 심리적 외상을 보다 폭넓게 이해하게 한다고 하였다. 또 생각과 감정을 쓰거나 말하는 것은 복잡한 생각과 억제된 감정을 조직하여 우리의 심리적 나침판이 제 궤도를 유지하도록 한다고 말하였다. 이처럼 글쓰기는 정신건강을 유지하는 아주 탁월한 방법이다.

아버지가 들려 주는 무대 위 행복

마음 근력을 강화하는 법

저널치료 기법 중에 '나는 멋지다' 일기 쓰기가 있다. 이 프로그램은 건강한 자아상을 유지하고 마음근력을 강화하는 탁월한 훈련방법이다.

첫째, 첫 문장은 항상 "나는 좋은 사람이다."로 출발하라. 무엇보다도 자신을 인정하고 칭찬하는 것이 필요하다. 아이가 있는 사람은 일주일에 한 번 이상 '나는 좋은 부모다' 라고 쓰라. 대체로 많은 부모들은 자신이 늘 부족하다고 여긴다. 그럴 필요 없다. 부모가 스스로를 그렇게 생각하면 기준과 원칙을 세울 수 없다. 좋은 부모가 되려고 애쓰기보다 당당하고 분명한 부모가 되려고 애쓰라. 자녀들은 당당하고 분명한 부모가 가진 삶의 자세를 배울 것이다. 열등감에 찌들어 있는 사람은 "나는 좋은 사람이다."를 쓰는 데에도 큰 저항을 보인다. 도저히 쓸 수 없다며 머뭇거리기도 한다. 자신에 대해서 한 번도 그런 느낌을 가져본 적이 없어 문장으로 쓰는 데도 어려움을 느끼는 것이다. 그런 사람일수록 더더욱 "나는 좋은 사람이다."를 많이 써야 한다. 그렇게 의식적으로 반복한 메시지는 무의식에게까지 전달되고, 무의식에서는 그것을 기정사실로 받아들인다. 이것을 '반복효과' 라고 한다. 좋은 말이든 나쁜 말이든 계속 반복해서 들으면 하나의 기정사실로 받아들인다는 것이다.

둘째, 그 다음은 "감사합니다."라고 쓴다. 우리는 자신의 부족한 면이나 아직 이루지 못한 것에 초점을 맞추는 경우가 많다. 그렇기 때문에 우리는 의도적으로 더 감사하기에 초점을 맞추어야 한다. 이는 자기 연민에 빠지지 않기 위한 최고의 처방이다. 감사를 통해 우리는 강해질 수 있으며, 새로운 도전을 위한 토대를 마련할 수 있다. 감사목록을 만들어서 열거해 보면, 의외로 감사의 조건이 많다는 사실을 알게 될 것이다.

심리학자들은 오랜 연구를 통해, 감사가 신체적 변화도 일으킨다는 것을 확인했다. 감사하다고 느끼면 사랑, 우정, 열정 등 긍정적인 감정을 느끼게 하는 뇌 좌측의 전두엽피질이 활성화 되는데, 이는 스트레스를 감소시키고 행복감을 높인다.

심리학자들 역시 '감사노트쓰기' 를 통해서 불행한 삶에서 행복한 삶으로 바뀐 사람들의 사례를 제시하고 있다. 감사노트를 쓰면서 잘된 일과 잘못된 일을 구분할 수 있게 하여 잘된 일에 대해서는 자신을 인정하고 칭찬할 수 있으며, 잘못된 일에 대해선 자신을 반성하고 더 나은 방향으로 갈 수 있게 한다. 그래서 반복해서 그 작업을 하면 현재를 늘 긍정적이고 객관적으로 바라볼 수 있는 시각을 갖도록 해 준다.

헬렌 켈러는 일생을 농아와 맹인을 돕고, 사회주의 지식인으로서 인권운동과 노동운동에도 기여했다. 심한 병을 앓은 후 19개월 되던 때 그녀는 시각과 청각을 잃었다. 1887년 7세 때 앤 설리번을 만나

교육을 받기 시작했다. 헬렌 켈러 역시 늘 감사노트를 썼는데, 그녀의 감사노트에는 이렇게 쓰여 있었다.

"나는 나의 역경에 대해서 하나님께 감사한다. 왜냐하면 나는 역경 때문에 나 자신, 나의 일, 그리고 나의 하나님을 발견했기 때문이다."

평생을 암흑과 고요 속에 살았던 헬렌 켈러였지만 자신의 삶에 대해 이렇게 평가했다.

"내 생애 행복하지 않은 날은 단 하루도 없었다."

유럽을 제패했던 프랑스의 나폴레옹은 헬렌 켈러의 회고와 정반대로 자신의 인생을 이렇게 회고했다.

"내 생애 행복한 날은 6일 밖에 없었다."

셋째, "도와주소서."라고 쓴다. 인생은 혼자만의 힘으로 살기엔 너무 버겁다. 사람은 서로 도우며 살아가는 존재이다. 사람 인(人)자도 서로 의지하고 있는 모습의 상형문자다. 창세기에도 "사람이 독처하는 것이 아름답지 못하니…"라고 하면서 인간은 처음부터 더불어 사는 존재임을 밝히고 있다. 그러니 다른 사람의 도움을 받는 일은 부끄러운 게 아니다. 도움 받기를 부끄러워하는 태도가 더 부끄러운 일이다.

성공하는 사람들의 특성을 조사하면서 알게 되는 참 흥미로운 사실이 있다. 탁월한 능력을 가진 사람을 주변 사람들이 많이 돕지 않지만, 능력이 부족하더라도 열정이 넘치는 사람에게는 능력 있는 사람들이 따라 붙어 그 부족한 부분을 채워주어 끝내 성공하게 만들어 준다는 것이다. 그 역시 다른 사람의 도움을 끌어오는 것을 주저하지 않는다. 내 능력이 부족하다면 다른 사람의 도움을 받는 것 또한 능력이다. 남의 도움을 받아서라도 실력을 향상시키는 사람이 현명한 것이다. 세상은 결코 혼자 살아가는 것이 아니다.

대학을 졸업하고 직장생활을 시작하는 사회초년생들은 일을 조직화하고 자원을 활용하는 것에 미숙할 수 있다. 혼자서 고민만 하면서 어찌할 줄 몰라 끙끙대다 보면 일처리를 제대로 못해 업무 기한을 못 지키고 업무 역량도 향상되지 않는다. 그럴 때는 머뭇거림 없이 도움을 요청해야 한다. 일을 독자적으로 수행하는 능력도 중요하지만, 내가 활용할 수 있는 인적, 물적 자원이 무엇인지 파악하고 이를 최대한 나의 일에 연결시키는 것도 중요한 능력이다. 자원을 조직화하고 활용하는 능력이 생기면, 일의 효율성이 높아진다. 뿐만 아니라 중요한 일을 검토하고 아이디어를 도출하는 데 에너지를 더 많이 쓸 수 있다. 그런 과정에서 자연스럽게 인적 네트워크도 생기기 마련이다. 내가 도움을 받은 만큼 나도 도움을 주게 되면, 이를 계기로 업무에 필요한 정보를 교환하는 등 상생의 관계로 발전하는 것이다. 그러면 일의 성과도 내고 인간관계도 좋아지는 일석이조의 효과를 얻을 수 있다. 덩달아 직장도 행복한 공간으로 바뀐다.

신앙을 가진 사람은 기도를 통해서 하나님의 도움을 요청하라. 신앙을 가진 사람들의 행복지수는 그렇지 않은 사람에 비해서 월등히 높다. 누군가 나를 돕고 있다는 생각을 하는 것만으로도 힘이 난다. 하물며 전능하신 하나님께서 나를 도와주신다면 불가능한 일이 있을까?

정신 건강을 유지하는 묘약, 웃음

정신건강을 유지하기 위한 손쉽고도 탁월한 방법이 웃음이다. 웃음은 하나님이 인간에게 주신 특별한 선물이다. 웃음과 행복은 영혼의 향신료이다. 사람에게는 누구든지 똑같은 하루가 주어진다. 이 하루를 웃음과 즐거움이 가득한 드라마로 만들 수도 있고, 신경질과 찌푸림으로 구겨진 하루를 만들 수도 있다. 우리 말 중에 참 멋진 말이 있는데, 여기에서 우리 조상들의 멋진 삶의 철학을 볼 수 있다. '웃어제친다.' 는 말이다. 때론 억울하고, 황당하고, 답답하고, 속상한 일을 만나도 한바탕 호탕하게 웃어서 넘겨버리는 삶의 지혜가 담겨져 있다. 웃음치료사들은 공통적으로 이렇게 말한다. "웃을 일이 있어서 행복한 게 아니라, 웃어서 행복한 일을 만드는 것이다." 억지로라도 웃으면 정신건강에 아주 효과적이라는 연구결과도 나오고 있다.

독일의 심리학자 프리츠 스트랙(Frits strack)은 '안면 피드백 실험을 통해 억지로 웃는 웃음도 진짜 웃는 것과 동일한 효과를 준다는 것을 증명하였다. 두 그룹으로 나누어 재미있는 비디오를 시청하게 하였는데, 한 그룹에게는 볼펜을 입에 물고 보게 하였고, 다른 한 그룹은 그냥 평상시대로 보게 하였다. 그런데 볼펜을 입에 물고 비디오를 시청한 그룹에서 비디오가 훨씬 더 재미있었다는 결과가 나왔다. 또, 아이들에게 볼펜을 물고 있는 사람의 사진과 그냥 맨 얼굴의 사진을 보여주면서 호감이 가는 쪽을 표시하라고 했는데, 볼펜을 물고 있는 쪽에 더 많은 호감을 나타내었다. 스트랙 교수는 이것을 '얼굴 피드백 가설[Facial Feedback Hypothesis]'이라고 명명했다.

볼펜을 이로 물면 웃을 때 사용하는 근육이 자극받게 되면서 마치 실제 웃는 것과 같은 모습이 되는데, 이 때 뇌는 실제로 웃는 것으로 인식한다. 웃는 상황, 즐거운 상황, 긍정적인 감정이 표출되는 상황에서 수용하는 정보는 더욱 행복하게 인식되기 마련이다. 이것이 행복해야만 웃는 것이 아니라, 웃을수록 더 행복해진다는 사실의 과학적 근거가 된다.

Point
건강한 자아상을 유지하는 것은 몸을 단련하는 것과 비슷하다. 건강하고 균형 잡힌 몸매를 유지하기 위해서는 지속적인 운동을 해야 하듯, 자아상을 건강하게 유지하려면 마음의 근력을 키워야 한다.

아버지가 들려 주는 무대 위 행복

06

꿈을 꾸어라

꿈은 배의 돛과 같다. 돛은 순풍이든 역풍이든 바람을 생산적으로 이용할 수 있는 장치이다. 마찬가지로 꿈이 있는 사람은 순탄할 때나 역경을 만날 때나 그것을 이용해서 계속 앞으로 나아간다. 돛이 바람을 이용한 추진력이듯, 꿈은 인생을 이끌어가는 추진력이다. 꿈이 없으면 그저 물결 따라, 바람 따라 떠다닐 수밖에 없다. 혼자 가지면 꿈이지만, 여러 사람과 공유하면 비전이 된다.

꿈을 꾼다고 해서 다 이루어지는 것은 아니다. 그러나 최소한 꿈을 꾸는 사람은 꿈을 꾸지 않는 사람보다 훨씬 더 역동적으로 산다. 꿈이란 돛이 바람을 타기 때문에 삶의 동기를 불러일으키고 방향을 설정한다. 그래서 꿈을 가진 사람은 큰 사람[大人]이다. 대인보다 더 큰 꿈을 가진 사람은 태인(太人)이며, 꿈을 버린 사람은 개 같은 사람[犬

시이다. 꿈이 없이 사는 사람의 삶은 개처럼 사는 인생이란 뜻이다.

꿈은 많을수록 좋고 클수록 좋다. 큰 꿈을 꾸었던 사람은 대체로 어리석다고 손가락질을 당해 왔다. 언젠가는 인간이 하늘을 날 거라는 꿈을 꾼 사람을 향해 다들 어리석다고 손가락을 했다. 그러나 라이트 형제는 그 꿈을 현실로 만들었다. 온 세상 사람들이 하나로 연결되는 꿈을 꾼 사람이 있었다. 다들 허무맹랑한 꿈이라고 했다. 그러나 지금 세상에선 지극히 당연한 것이 인터넷 일상이다. 어느 누군가는 전화기를 손으로 들고 다니는 세상을 꿈꾸었다. 지금은 그 꿈이 단순히 휴대용 전화기에서 그치지 않고 '내 손 안의 세상'을 구현한 스마트폰으로 발전했다.

꿈은 구체화하고 알릴수록 현실화될 가능성이 높아진다. 때로는 허풍 같더라도 주변에 알릴 필요가 있다. 미국에서는 부자가 되고 싶은 사람들이 '백만장자들의 칵테일 파티'를 개최한다고 한다. 백만장자가 모이는 파티라기보다 백만장자가 되고픈 사람들이 모이는 자리다. 물론, 그 프로그램을 통해서 백만장자가 된 사람들이 참석한다. 모임이 시작되면 제비를 뽑아서 '백만장자' 한 사람을 뽑는다. 뽑힌 사람은 장차 백만장자가 될 사람이 아니라, 지금 명백한 백만장자라고 인정한다. 그 때부터 모든 사람은 그를 백만장자라고 인식하고, 당사자 역시 자신이 백만장자인 것처럼 말하고 행동한다. 예를 들어 어떤 사람이 "저희 복지시설에 피아노 한 대가 필요합니다.

그 피아노를 기증해 주시면 고맙겠습니다."라고 하면, 그날의 백만 장자는 호탕하게 웃으면서 "아 네! 좋습니다. 이왕이면 그랜드 피아 노로 보내겠습니다. 당장 내일 받으실 수 있도록 조치를 하겠습니 다."라고 흔쾌히 대답한다. 나머지 사람들이 박수를 치면서 환호하 면 다시 이렇게 말한다. "오늘이 기분이 정말 좋습니다. 오늘 저녁 우리 모임에 든 모든 제반 경비는 제가 부담하겠습니다. 마음껏 즐 기십시오." 사람들은 또 그 말에 열광한다.

헬라어에는 '미래완료'라는 시제가 있다. 미래에 있을 일이지만, 이미 이루어진 기정사실이라고 믿는 시제를 말한다. 기독교 신자는 지금 이 세상에 살고 있지만 육신의 생명이 끝나는 날 영혼이 천국 으로 간다는 것을 확신한다. 지금은 아니지만 미래에 확실한 일을 표현하는 것이다. 그래서 백만장자를 희망하는 사람에게 백만장자 인 양 행세하다 보면 모든 세포들이 백만장자에 맞게 바뀐다고 한 다. 놀랍게도 '백만장자들의 칵테일 파티'에서 제비뽑기에 성공한 사람 중에서 정말 백만장자가 되는 비율은 무려 60%에 이른다고 한 다. 프로그램을 통해서 사람을 아예 백만장자 체질로 바꾼 것이다.

꿈을 종이에 적어라

이지성의 『꿈꾸는 다락방』에서는 미국의 코미디 배우 짐 캐리의 일화와 만화가 스캇 애덤스의 이야기를 소개하고 있다.

캐나다 출신의 짐 캐리는 단역만 하는 무명배우였다. 한 때 그는 집이 없어 고물 자동차에서 노숙을 했으며, 공중화장실에서 몸을 씻어야 했다. 어느 날 짐 캐리는 더 이상 이렇게 살면 안 되겠다고 생각하였다. 그는 수표책을 꺼내 출연료 천만 달러를 써서 스스로에게 지급하고 그것을 5년 간 지갑에 넣고 다녔다. 5년 뒤 그는 〈덤 앤 더 머〉와 〈배트맨〉의 출연료로 1,700만 불을 받았다. 가상으로 써 놓은 대포수표가 실제 돈으로 돌아오게 된 것이다.

만화가 스캇 애덤스도 자신이 신문에 만화를 연재하는 유명 만화가가 될 것이라는 문장을 하루에 15번씩 썼다. 이 꿈이 이루어진 이후 그는 세계 최고의 만화가가 되겠다고 15번씩 썼고, 두 번째 꿈 또한 이루어졌다.

꿈을 찾으려면 다음과 같이 해 보라. 우선 본인이 하고 싶은 것을 나열하고 중복되는 것을 정리하여 최종 10개 이내로 축약하라. 그렇게 축약하고 난 후에는 이루고 싶은 소망이 큰 순서대로 일련번호를 부여하라. 그리고 내 인생이 앞으로 1년 밖에 남지 않았다고 가정하고 무엇부터 할 것인지 순서대로 적어보아라. 또 내가 무엇이든 할 수 있는 경제적인 능력이 뒷받침된다고 가정했을 때 1순위로 올라오는 것이 바로 나의 꿈이다.

그렇게 작업을 하다보면 내 꿈의 외적 동기와 내적 동기를 구분할 수 있다. 외적 동기는 보상이나 처벌같이 외부에서 오는 자극에 의

아버지가 들려 주는 무대 위 행복

한 동기를 말하고, 내적 동기는 우리 내면의 실존적 물음에서 우러나는 동기를 말한다. 외적 동기가 물질적 차원이라면, 내적 동기는 다분히 정신적 차원이다. 사람은 밥만으로 살 수 있는 존재가 아니다. 그래서 내적 동기가 우선되고 외적동기가 채워져야 진정한 만족을 얻을 수 있다.

어떤 사람들은 외적 동기에 의한 꿈을 실현하느라, 과도한 욕심에 사로잡히거나 불필요한 경쟁을 유발해서 많은 적을 만들기도 한다. 이런 경우, 성공은 거둘지언정 사람을 잃는 우를 범할 위험이 다분하다. 성공의 궁극적인 목적이 사람에 있어야 진정한 성공이다. 그리고 내적 동기는 사랑에 바탕을 두어야 한다. 누군가를 돕고, 살려내고, 기분 좋게 하고, 행복하게 하는 동기여야 그 인생의 의미가 더해진다.

생명을 살리겠다는 정·식품 명예회장의 꿈

한 사람의 내적 동기가 얼마나 많은 생명을 구했는지에 대한 사례가 있다. 베지밀로 유명한 정·식품 명예회장 정재원 의학박사의 이야기다. 그는 사람을 살려내는 의사가 되기로 결심하고 열심히 공부하여 마침내 의사가 되었다. 1937년, 의사가 되었지만 어린 생명들이 채 꽃을 피우지도 못한 채 인생을 마감하는 것을 보았다. 죽어가는 아기를 안고 살려달라고 엎드려 절을 하기까지 하는 부모들을 보면서도 속수무책인 것에 한탄하며, 어떻게 이 아이들을 살려낼 수 있을까 고민하기 시작했다. 당시 모유나 우유를 소화시키지 못한 아기들이 영양실조와 탈수증, 폐렴과 같은 합병증을 일으켜 죽음에 이르는 경우가 허다했다.

그 원인을 밝히기 위해 그는 1937년부터 1960년까지 20년 간 연구를 거듭했지만, 사망 원인과 치료법을 찾지 못했다. 미국 유학 중이던 1964년, 넬슨 소아과 텍스트북 제8판이 새로 출간되었는데, 거기에 '유당불내증[Lactose Intolerance]'이라는 병명이 처음 공개되었다.

유당불내증은 체내에 유당을 분해하는 효소 세포가 선천적으로 발육·생성되지 않은 채로 출생한 아기들이, 모유나 우유에 함유된 유당을 정상적으로 소화하지 못해 대장 내 세균에 의하여 발효되어 H_2(수소), CO_2(이산화탄소), 단쇄지방산 등 유독물질을 형성하여 난치성 설사의 원인이 되는 것이다. 아기들을 사망으로 이끈 것은 모유나 우유 속에 들어 있는 유당 성분이었다. 마침내 그 원인을 정확히 깨달은 그는 유당이 함유되지 않은 대용식을 찾기 시작했다. 그 결과, 대두가 3대 필수영양소를 함유하고 있는 반면 유당 성분이 없음을 알았고, 대두야말로 유당불내증을 지닌 어린이를 위한 최적의 대용식임을 확신하고, 콩으로 우유 같은 음료를 만들겠다고 결심했다.

그것이 지금은 슈퍼에서 손쉽게 살 수 있는 베지밀의 출발이었다.

아버지가 들려 주는 무대 위 행복

당시 두유 제조 산업이 전무하던 우리나라에서 그 연구과정도 어려웠다. 그래서 정박사는 귀국하자마자 실험실을 설치하고, 실험 후 그 결과를 기본으로 유아를 위한 두유 제조를 본격적으로 시작해서 드디어 두유에 관한 특허를 받게 되었다. 1967년 마침내 '식물성 밀크'라는 뜻의 '베지밀'이란 상품명으로 상업화를 시작했다. 1968년부터 본격적으로 소아과 병원에서 가내수공업 식으로 '베지밀'을 소규모로 생산 공급하다가 소비자들의 수요가 점점 늘어나 수요를 충족시키지 못하게 되자 청주에 두유업계 세계 최대 규모의 최첨단 자동 설비시설을 갖추고, 하루 약 250만 본의 베지밀을 생산 · 공급하기에 이르렀다. 두유 설비가 전무하던 국내에서 외국의 기계들을 들여와 밤을 새워 공부하며 만든 공장이었다.

정박사는 발명가 또는 과학자나 성공한 사업가로도 불렸지만, 소아를 돌보는 의사로 불릴 때 가장 큰 보람을 느낀다고 하였다. 국내외에서 '콩 박사'로 더욱 유명한 정박사는 소아들의 건강을 위해 부단한 노력을 해왔다. 그리고 모든 영양소를 균형 있게 공급하면서도 소화에 관한 한 우유를 능가하는 두유를 개발하는데 일생을 바쳤다. 그가 발명한 국민음료 베지밀은 지금도 남녀노소 누구나 즐겨 마시는 건강음료이다.

현재 식물성 영양밀크 '베지밀'을 필두로 다양한 프리미엄 주스 '썬몬드', 환자들을 위한 의료용 특수식품 '그린비아', 가족건강을 위한 전통 먹거리 '우리안' 등 4가지 브랜드를 선보이고 있다. 정·식품은 인류건강이야말로 세계에 평화를 가져다 줄 수 있다는 믿음을 갖고 '인류건강을 위해 이 한 몸 바치고저' 라는 창업 이념을 따르고 있다.

서양의 콩 연구 권위자이자, 『콩 혁명[The Soy Revolution]』을 저술한 스테판 홀트(Stephan Holt) 박사는 책자 속에 콩 연구에 공헌해 온 세계적 권위자들 가운데 정재원 의학박사를 제일 첫 번째로 지목하며 "정재원 박사는 지난 30여 년 동안 한국에서 흔한 유당불내증의 문제를 해결하기 위해 노력했으며, 고품질 콩 유아식과 두유를 개발, 한 나라의 건강 문제를 바로잡는데 기여했다."고 언급했다. 정박사는 1999년 11월 미국에서 개최된 제3차 국제대두학술대회에서 콩 연구에 이바지한 공로상을 수상하여 한국의 두유 연구 분야가 크게 위상을 떨치는 계기를 마련하기도 했다.

목표를 향해 가라

'모든 그리움에는 미래가 있다' 는 스웨덴 격언이 있다. 자신이 무엇을 원하는가를 알아야 그것을 현실로 만들 수 있다. 어떤 세상을 꿈꾸는가? 꿈을 갖는 순간부터 삶은 생동감을 갖기 시작한다. 더 나은 삶을 살기 위해서는 현재상황이 어떠한가에 대한 좌표인식이 있어야 하고, 현실 좌표인식이 확정되면 바람직한 푯대가 무엇인가에 대한 목표의식이 확실하게 터를 잡아야 한다. 목표가 정해지면 목표를 향해서 나아가는 이정표가 세워져야 한다. 이것이 바로 방법론이다.

목표는 무엇인가? 목표는 알고자 하는 결과이다. 우리가 열망하는 푯대를 제시하는 청사진이다. 예컨대 더 유쾌하고 명랑한 사람이 되고 싶다고 하자. 이때 짜증을 덜 내기 위해 노력한다는 것은 목표가 아니라 방법이다. 그러나 화를 내거나 증오심을 느끼지 않으며, 진정으로 인내하고 행복을 느끼는 상태는 목표가 된다.

목표를 세우면 무엇이 좋은가? 어떤 것을 성취하고자 했을 때, 어떤 길을 가기로 했을 때, 비로소 자기 삶에 대한 통제력을 갖게 된다. 목표는 우리가 무엇을 해야 하는지, 왜 그런 일을 해야 하는지를 알려준다. 목표는 다가올 미래와 변화에 대한 불안을 줄여준다. 목표는 삶에 대한 에너지와 동기를 제공한다. 목표를 떠올리면 힘이 솟고 어려운 일도 가능케 한다. 목표는 삶의 방향을 제시한다. 목표를 향해 조금씩 나아가는 발전과 진보는 처음 품었던 목표만큼이나 가치가 있다.

목표에는 어떤 것이 있는가? 영적 목표가 있다. 영적 목표가 갖추어지면 감정과 인간됨의 완성을 도모한다. 또 직업적 목표가 있다. 일의 성취에 대한 열망이다. 재정적인 목표도 있다. 갖고 싶어 하는 목적의식이다. 이상적인 목표도 있다. 자기실현에 대한 꿈이다. 사교적인 목표도 있다. 원활하고 행복한 인간관계에 대한 지향이다. 취미와 여가에 관련된 목표가 있다. 특별히 관심이 있는 것에 대한 성취욕구이다.

목표를 이루어가는 과정은 죽은 고기가 흐르는 강물에 떠내려가는 것 같은 피동적인 자세로는 결코 이루어지지 않는다. 목표를 프로그램화해서 규칙적이고 지속적인 노력과 끈기, 꺼지지 않는 열정과 끊임없는 동기부여, 체계적인 관리와 철저한 자기계발이 뒷받침되어야 한다.

Point

'모든 그리움에는 미래가 있다'는 스웨덴 격언이 있다. 자신이 무엇을 원하는가를 알아야 그것을 현실로 만들 수 있다.

07

분노를 다스려라

　인생은 사람 경험이요 사건 경험이다. 사람으로 태어난 이상, 사람으로부터 벗어날 수가 없으며, 사건으로부터 해방될 수가 없다. 그러나 문제는 사람과 사건이 우리에게 즐거움만 주는 것이 아니라는 것이다. 온갖 장애물에 부딪치고 인간관계에서 갈등이 일어나 웃을 일과 울 일이 교차한다. 이 과정에서 화는 불가피하다. 하지만 화를 그냥 내버려두면 인격을 황폐화시키고 대인관계에서도 바람직하지 못한 결과를 도출한다. 그래서 우리는 분노를 다스리는 법을 배워야 한다.

　화는 어떻게 다스릴 수 있을까? 일단 화 자체는 지극히 자연스러운 감정 중의 하나이지만, 그것을 표현하는 주체는 엄연히 자기 자신이라는 사실을 알아야 한다. "네가 나를 화나게 했잖아?"라며 화내는 사람이 있는데, 엄밀히 따지만 상대가 나를 화나게 했다고 하더라도 화내기를 선택한 것은 자기 자신이다. 화를 내거나 안 내는 것은 본인의 선택인 것이다.

심리치료 기법 중에 '분노 지도 그리기' 라는 것이 있다. 큰 종이의 한 가운데 원을 그리고 거기에 '나의 분노' 라고 적는다. 그 다음은 마인드맵 형식을 이용해서 나, 배우자, 가족, 친인척, 직장, 사회 등등 나를 화나게 하는 모든 것들을 표시한다. 그렇게 눈에 보이도록 표시를 하면, 어떤 경우에 내가 화를 내는지, 주로 어떤 대상에게 화를 내는지, 내 분노는 정당한지, 얼마나 자주 화를 내는지, 분노 뒤에 숨겨진 심리적 방어기제는 무엇인지를 탐사할 수 있다. 어떤 사람은 자기 아버지를 극도로 미워했는데, 분노지도 그리기를 통해서 자기의 분노가 아버지를 향한 것이 아니라 엄마를 향하고 있었다는 것으로 밝혀져 놀라기도 했다. '분노 지도 그리기' 를 하게 되면 인생의 많은 부분들이 정리되는 느낌이 들며, 분노를 보다 객관적으로 처리하는 능력도 향상된다. 분노 탐사를 하면서 몇 가지 물음을 던져 보자.

우리의 분노는 대개 사소한 것이다

사실 우리가 화를 내고 짜증을 내는 원인들을 살펴보면 의외로 사소한 것이 많다. 그 이면에는 이기적인 속성이 깔려 있다. 나를 중심으로 생각하다 보니 생기는 현상이다. '조금만' 이타적으로 생각하면 화를 내지 않고도 얼마든지 좋게 해결할 수 있는 데 그 '조금만'을 하지 않아서 화를 내는 것이다. 무의식적으로, 반사적으로, 시도 때도 없이 화를 내는 사람은 내면에 사랑의 탱크가 텅텅 비어 있다. 그래서 대체로 부정적 자아상과 낮은 자아존중감을 가지고 있다. 자존감이 높은 사람에게는 아무 일도 아닌 것이 이런 사람에게는 불같이 화를 내는 이유가 된다.

미국의 소설가이자 심리학자이며 베스트셀러 작가인 리차드 칼슨(Richard Carlson)은 수많은 사람들을 만나 상담하고 치료하면서 불행하다는 사람들의 공통점을 발견하였다. 그것은 지극히 사소한 일에 목숨을 건다는 것이었다. 그렇게 해서 쓴 책이 『우리는 사소한 일에 목숨을 건다』이다. 불행하다고 느끼는 사람들은 사소한 일에 목숨 걸고 사느라 쓸 데 없는 곳에 에너지를 낭비하고, 그 숱한 행복의 시간들도 무의미하게 보낸다는 것이 그의 지론이다.

분노처리의 가장 높은 단계는 승화시키기이다. 이의 대표적 사례는 마하트마 간디다.

간디는 1869년 인도 북서부 지방에서 태어났다. 영국에서 법학을 공부했고 귀국 후 변호사가 되었다. 남아프리카 공화국에 살던 시절, 인종차별의 슬픔을 겪으면서 비폭력 무저항주의 운동가로 재탄생했다. 영국의 식민지였던 인도의 독립을 위해 열한 차례나 투옥되면서도 비폭력 무저항주의 운동을 펼쳐나갔다. 인도 독립에 결정적인 역할을 한 정치 지도자였으나, 그는 인도의 종교적 분열을 막지 못한 채 1948년 암살당했다.

분노를 다스리기 위한 질문

첫째, "나를 자주 화나게 만드는 것은 무엇인가?"

나로 하여금 화내는 빈도를 높이는 항목 열다섯 가지를 써 보아라. 나를 화나게 하는 대상이 주로 가까운 사람들이라는 것을 알 수 있을 것이다. 그리고 그들과의 관계 패턴을 확인해 보아라. 모든 관계에는 패턴이 있고 거기에 따르는 감정 패턴도 있다. 가까운 사람 사이에서 발생하는 분노는 객관적이기 보다 주관적일 가능성이 높다. 지레짐작과 과잉반응, 원천 차단을 위한 분노도 있으며, 숨은 욕구에 대한 좌절도 있다.

분노의 이면에 숨어 있는 자신의 욕구, 상대의 욕구까지 찾아낼 줄 알아야 한다. 그리고 분노라는 표현방식만 다른 방식으로 대체하면 관계가 급속도로 친밀해진다. 감정패턴을 찾아내면 자신의 관점이 다양해진다.

둘째, "나는 왜 화를 내는가?"

이 질문은 정확히 읽어야 한다. "나는 왜 화가 나는가?"가 아니라 "나는 왜 화를 내는가?"로 물었다. 전자가 외부의 상황에 대한 반응이라면, 후자는 내 반응을 말하고 있다. 그래서 외부의 자극에 대해서 내가 어떤 반응을 선택하는지 탐사해 보라는 것이다.

　부부 집단상담 중 "내가 화내기를 선택한 것이다."라는 말을 절대로 수긍할 수 없다는 한 남편이 있었다. 자기 부인이 늘 자신을 화나게 한다는 것이었다. "당신 아내가 당신을 화나게 한 게 아니라, 당신이 화내기를 선택한 겁니다."라고 하니 나한테도 버럭 화를 내었다. 그래서 이렇게 대화를 이어나갔다.

　"운전하실 때 교통법규 준수하시나요? 신호등은 잘 지키나요? 신호등을 왜 지켜야 하죠?"

　"사회적 약속이니까 당연히 지켜야죠. 빨간불일 때 서고 파란불일 때 가야죠."

　"그렇다면 이런 상상을 해 봅시다. 가령 새벽 4시, 자고 있던 당신의 아이가 갑자기 급성 맹장염으로 죽겠다고 뒹굴고 있습니다. 어떻게 해야 하죠?"

　"최대한 빨리 병원 응급실로 데리고 가야죠."

　"좋은 아버지시네요. 아이를 싣고 응급실로 가고 있는데 사거리에 빨간 신호등이 켜져 있습니다. 주변을 살펴보니 다른 차는 하나도 없습니다. 그 때는 어떻게 하실 겁니까?"

　"당연히 신호무시하고 병원으로 가야죠. 한 시가 급한데…."

　"아까 당신은 빨간 신호등은 사회적 약속이고, 교통법규이기 때문에 지켜야 한다고 하지 않았습니까? 왜 빨간 신호등이 켜져 있는데 가야 하나요?"

"이 양반이, 말이 되는 소리를 해야지. 사람이 죽어 가는데 그럼 가야지 안 가요?"

"조금 전 그 말은 사회적 규범으로는 멈춰야 하는데, 지금 응급상 황이라 지나가기를 선택했다는 말씀 아닌가요?"

그제야 남편의 태도가 누그러졌다. 옆에서 울고 있던 그의 아내는 상담을 마치고나서 참 통쾌했다고 말했다.

셋째, "여기에서 나는 어떤 위협을 느끼는가?"

분노는 자기보호 에너지다. 모든 동물은 자기를 보호할 때 화 에너 지를 사용한다. 지렁이도 밟으면 꿈틀한다는 말은 여기에 해당된다. 밟히면 당연히 꿈틀해야 한다.

심리적으로 위협이라고 판단되는 상황에서는 반사적으로 화를 낸 다. 자존심을 건드렸다고 느낄 때, 자신의 업적이 폄하되었다고 느 낄 때, 불안이나 두려움을 느낄 때, 돈을 잃었을 때, 개인적 관계가 틀어졌을 때, 세상이 자기가 바라는 방식으로 굴러가지 않을 때, 미 래가 불투명하고 암담할 때, 누군가 자신을 성적 관심의 대상으로만 본다고 느낄 때 화를 낸다.

화를 꼭 내야 할 자리에서 화를 낼 줄 아는 것도 기술이다. 부당 하고 억울한 일을 당했을 때나 자신의 정당한 권리를 주장해야 할 일이 있을 때, 적절하게 화 에너지를 사용하는 것은 기술이다. 다만

아버지가 들려 주는 무대 위 행복

화를 내야 할 때 주의할 것은 과도한 분노를 표출시키지 말라는 것이다. 냉정한 이성이 바탕이 되는 화를 사용해야 화의 효과가 있다. 이성적 통제가 안 될 때의 분노 표출은 도리어 역반응을 초래할 수 있다.

넷째, "화를 통해서 얻는 이익은 무엇인가?"

이 질문은 역설적이다. 대부분의 사람들은 화라는 감정을 부정적으로 묘사한다. 그러나 화는 긍정적이지도 부정적이지도 않은 그냥 감정일 뿐이다. 어떻게 사용하는가에 따라 그 결과가 판이하게 달라질 뿐이다. 분노를 유발하는 심리적 이유는 거절감이다. 내 욕구나 요구가 거절되었을 때 화가 난다. 화가 난다는 것은 나에게 무언가 채워지지 않은 욕구나 요구가 있다는 뜻이다. 그 욕구와 요구가 거절되었을 때, 그것이 상대방의 문제인지 내 표현방식의 문제인지 명확히 구분해야 한다. 그리고 욕구의 핵심을 찾아서 충족할 수 있는 다른 방법을 찾아보아야 한다.

분노의 뒷면에 대박 아이템이 있다

화는 발명과 발견에 동기부여가 되기도 한다. 세상의 많은 발명품들 중에는 분노를 유발하는 기계, 장치, 제도에 대한 반향으로 만들어진 것들이 많다. 그래서 분노의 이면을 파악하면 어떤 아이디어를 낼 수 있고, 그것을 사업으로 연결시키면 대박치는 아이템이 될 수 있다. 그 대표적 사례가 리바이스 청바지다.

1850년경 이른바 골드러시가 시작되면서 미국 동부와 유럽에서 많은 사람들이 서부 캘리포니아의 금광으로 몰려들었다. 그중에는 독일 출신 유대인 리바이 스트라우스(Levi Strauss)라는 청년도 있었다. 머리가 좋은 그는 금광에 도착해서 상황을 판단해 본 후, 격한 경쟁을 치르며 금을 캐내는 일이 그리 쉽지 않은 것을 깨달았다. 돌아갈까 하고 고민하던 그에게 새로운 사업 아이템이 떠올랐다. 텐트를 팔면 돈이 될 것이라 생각한 것이다. 그의 생각은 옳았다. 군대에서 그에게 대량의 텐트를 주문한 것이었다. 그는 밤을 세워가면서 열심히 텐트를 만들었다. 납품 날짜가 다가왔다. 그런데 갑자기 군부대에서 납품을 취소했다. 그는 눈앞이 캄캄했다. 외국 출신이자 힘없는 그로서는 항의할 수도 없었다. 무척 화가 났지만 그는 곰곰이 생각했다. 그 결과 험한 일을 하느라 바지가 빨리 닳는다고 투덜거리던 광부의 모습을 떠올릴 수 있었다. 그는 당장 텐트를 해체하여 그 질기고 푸른 천으로 바지를 만들었다. 그 바지는 대 히트를 치게 되었고, 무려 150년 간 그와 그의 후손들에게 대대로 부를 안겨주었다.

가끔 가격 폭락으로 애써 가꾼 농산물을 갈아엎었다는 뉴스를 접한다. 만약 농부가 오로지 화가 나서 그리했다면, 리바이스의 역사를 떠올리면서 새로운 창조로 이어가면 좋겠다.

배우자의 분노탐사는 깊은 결속으로 이어진다

부부 치료에서는 배우자가 화를 내는 이유를 탐사하는 과정에서, 배우자의 어린 시절을 이해하고 수용함으로써 더 깊은 결속으로 이어지기도 한다. 반사적으로 치밀어 오르는 분노, 이성적으로 통제가 안 되는 분노, 까닭 없이 터지는 분노에는 어린 시절과 깊은 연관이 있다. 심리학자 칼 융은 이것을 '새도우(shadow)' 또는 '콤플렉스(complex)'라고 표현하였는데, 자기도 의식하지 못하는 무의식 영역에 저장된 분노를 말한다. 그는 분노의 이유를 탐색하는 과정에서 누군가가 자신의 고통을 이해하고 공감하는 것은, 숨겨졌던 그림자에 빛을 비추는 행위가 된다고 하였다. 부부관계에서도 그러하다. 서로의 그림자에 빛을 비춰주는 존재가 될 때, 영혼까지 결속되는 깊은 관계로의 발전을 이룰 수 있다.

> **Point**
> 화는 어떻게 다스릴 수 있을까? 일단 화 자체는 지극히 자연스러운 감정 중의 하나이지만, 그것을 표현하는 주체는 엄연히 자기 자신이라는 사실을 알아야 한다.

08

불안과 두려움을 넘어서라

두려움은 안전이 위협을 받을 때에 나타나는 자기보호의 에너지로서 지극히 당연하고 건강한 반응이다. 두려움의 원인을 알아채면 그 원인을 제거하거나 피해야 한다. 그러나 허상을 실상으로 착각하여 두려움에 빠져 산다면, 삶의 에너지를 뺏기고 만다.

불안은 미래 대비 에너지다. 불확실한 미래를 대비하려면 적절한 불안이 따르게 마련이다. 유비무환의 자세가 적절한 불안이 발동된 좋은 사례다. 그러나 과도한 불안은 마음의 평안을 뺏어가고 현재의 삶을 누리지 못하도록 만든다. 불안과 유사한 걱정과 염려 또한 마음의 평화를 뺏어가는 원인으로 작용한다. 많은 사람들이 평생 염려하면서 살아간다. 그 염려의 주제는 먹고 사는 등 생존에 관한 것이다. 이에 예수님은 산상수훈에서 백합화로 묘사된 들국화와 새를 통

아버지가 들려 주는 무대 위 행복

해 염려를 금지하라고 말씀하셨다. 들에 핀 백합화는 지천에 널린 꽃이니 우리 들판에 자생하는 개망초 정도일 것이고, 새는 흔하디 흔한 참새 정도로 보면 될 것이다. 그런데 그 하찮은 풀 한 포기, 새 한 마리도 하나님이 먹이고 입히고 다 주관하신다고 말씀하셨다. 우리가 지나친 염려를 해서 안 되는 이유가 여기에 있다.

어니 젤린스키의 『걱정에 관한 연구』

심리학자 어니 젤린스키(Ernie J. Zelinski)는 우리가 하는 걱정의 대부분이 쓸 데 없는 걱정이라고 말한다.

"걱정의 40%는 절대 현실로 일어나지 않는 것이고, 30%는 이미 일어난 일에 대한 것이며, 22%는 안 해도 될 사소한 것이고, 걱정의 4%는 우리 힘으로도 어쩔 도리가 없는 것이고, 걱정의 4%는 우리가 바꿀 수 있는 것이다."

『걱정에 관한 연구』에 이런 내용이 나온다.

어느 한 대학 수업에서 있었던 일이다. 교수가 물이 담긴 컵을 손에 든 채 학생들에게 질문했다.

"이 컵의 무게가 얼마나 될까요?"

"150그램이라고 하는 학생들이 있는가하면 200그램 또는 230그램이라고 답하는 학생들도 있었다.

그러자 교수가 말했다.

"무게를 직접 재기 전에는 나도 정확히는 모르겠네요. 그런데 내가 이 상태로 몇 분 더 들고 있으면 무게는 어떻게 될까요?"

"아무 변화 없습니다!"

학생들이 답했다.

"OK! 그럼, 1시간 동안 더 들고 있으면 어떻게 될까요?"

"교수님 팔이 슬슬 저려오고 아프기 시작하겠죠!"

"맞습니다. 그러면 내가 만약 이것을 하루 종일 들고 있다면 어떻게 될까요?"

한 학생이 대답했다.

"교수님 팔이 무감각해지고, 심각한 근육 경련과 마비가 와서 아마 병원에 누워 계시겠죠!"

모든 학생들이 웃자 교수도 빙그레 웃으며 말했다.

"아마 그럴 거예요. 그런데 이 모든 과정에서 컵의 무게가 바뀌었나요?"

"아니오!"

"그렇다면 무엇이 내 팔과 근육을 아프게 했나요?"

학생들은 예상치 못한 질문에 당황했다.

"내가 이 고통에서 벗어나기 위해서는 무엇을 해야 할까요?"

"컵을 내려 놓으셔야죠."

"정확합니다! 매일 우리가 대하는 삶의 문제도 이것과 비슷합니다. 삶에서 어떤 문제에 대해 고민하는 것은 중요합니다. 하지만 때로는 고민하는 것이 답이 아닐 수 있습니다. 사소한 문제라도 더 오래 고민하면 점점 고통으로 변하기 시작합니다. 그 보다 더 오랜 시간 고민하게 된다면 여러분을 마비시키고 결국엔 아무 것도 못하는 상황으로 만들 것입니다. 오늘부터라도 과감히 컵을 내려놓는 연습을 한다면, 인생을 대하는 관점이 조금씩 변하기 시작할 겁니다."

두려움을 에너지로 바꾸는 방법

두려움도 인간에게 꼭 필요한 감정 중의 하나이므로 좋은 것 또는 나쁜 것이라고 단정할 수 없다. 걱정과 두려움은 안전을 확보하게 하고, 위험을 감지하여 대처할 수 있도록 한다. 단 과도한 두려움은 세상으로 나가지 못하게 위축되게 만들고 수심하게 만든다. 불안도 마찬가지다. 적절한 불안은 미래를 대비하는 지혜로 사용되지만, 과도한 불안, 막연한 불안은 문제가 된다. 최근 불안장애[Anxiety Disorders]를 호소하는 분들이 늘고 있다. 근거도 없이 숨 막히는 느낌이 들거나 가슴이 답답하고 땀이 나는 증상을 동반하는 증상인데, 대체로 과도한 불안감에서 비롯된다.

두려움을 보다 건강한 감정으로 수용하고, 그것을 구별 에너지와 미래 대비 에너지로 전환시키려면 스스로 다음과 같이 질문을 해야한다.

첫째, "나는 무엇을 두려워하는가?"

두려움의 대상을 종이에 쓰는 작업이다. 사물일 수도 있고 사람일 수도 있다. 추상적인 것들일 수도 있다. 구체적인 인물일 수도 있다. 실패에 대한 두려움, 사람들이 나를 좋아하지 않을까에 대한 두려움, 내가 하고 있는 일이 맞는지에 대한 확신의 부재에서 오는 두려움, 미래에 대한 두려움, 내 자녀들의 장래에 대한 두려움 등 대상은 매우 다양할 것이다. 그것들을 구체적으로 써 보아라. 그리고 내용을 요약하면, 내가 주로 어떤 분야에 두려움을 느끼는지 알게 된다. 알고 나면 두려움은 줄어든다.

둘째, "나는 왜 두려워하는가?"

이전에 겪었던 공포로 인해 학습된 것일 수 있다. 흔히 '일반화의 오류'라고 하는 것인데, "자라 보고 놀란 가슴 솥뚜껑 보고 놀란다." 는 말이 여기에 해당한다. 엄하고 무서운 아버지 밑에서 성장한 사람은 직장에서 엄한 상사를 만나면 두려움에 사로잡힐 수도 있다. 소유에 대한 집착이나 관계에 대한 집착에서 오는 두려움일 수도 있다. "내가 가진 것을 잃지 않을까?" "내가 원하는 것을 얻지 못하는 건 아닐까?" "나의 숨겨진 약점이 드러나진 않을까?" 하는 것들이다.

그래서 두려움을 탐색하면 인생의 목표와 방향, 삶의 태도를 설정

아버지가 들려 주는 무대 위 행복

할 수 있다. 내가 가진 것을 잃는 것이 두려우면 저축하거나 분산투자를 하는 등 자기 자산을 꼼꼼히 확인하는 태도를 가지면 된다. 원하는 것을 얻지 못할 수 있다는 두려움이 생기면 나의 능력을 키워나가면 된다. 내가 유능해질수록 이 두려움의 크기는 점점 더 줄어든다. 숨겨진 약점이 드러나는 것이 걱정 된다면, 약점 잡힐 만한 언행을 하지 않도록 말과 행동을 삼가는 연습을 하면 된다. 또 자기 모습을 있는 그대로 수용하는 작업을 충분히 하고 나면 남들이 나에 대해 말하는 것에 대해 신경 쓰지 않게 된다.

셋째, "그럼 나는 지금 무엇을 해야 할까?"

용기를 내어 직면하는 단계다. 두려움을 패배로 생각하는 사람도 있지만, 두려움 자체는 자연스런 감정일 뿐 패배가 아니므로 누구나 두려움을 느끼는 것은 당연하다. 그래서 용기란 아무런 두려움을 느끼지 않는 것을 말하는 것이 아니라, 두렵지만 해야 할 일이라면 직면하기를 선택하는 것을 말한다. 두려움은 극복하라고 있는 것이다. 두려움을 넘어서는 과정에서 삶의 확장이 일어나고, 세상을 보는 눈이 달라진다.

CEO의 존재이유는 문제해결을 위해서

CEO(Chief Executive Officer)는 경영이념 및 인사정책의 기본 방침에 따라 유능한 사람을 기업의 사원으로 확보하고 능력을 개발하며,

기업 내의 경영 질서를 유지하고 활용하는 인사관리 활동의 최고책임자를 말한다. CEO의 역할 중 가장 중요한 것은 결정을 내리는 일이다. CEO는 매일 두려움과 마주해야 하는 사람인 것이다. 그 두려움을 인식하고 적절한 조치를 취함으로써 기업을 옳은 방향으로 이끌어가는 사람이 곧 CEO이다. 그래서 유능한 CEO는 이렇게 말한다. "무슨 일이 생기면 최대한 빨리 나에게 보고해. 그래야 내가 빨리 조치할 수 있으니까. 너희가 일을 하다가 터진 문제는 얼마든지 용서할 수 있지만, 보고 하지 않아서 문제가 커지는 건 절대로 용서 못 해. CEO란 너희들이 실수 했을 때 그것 처리하라고 있는 존재니까 말이야."

Point

불안은 미래 대비 에너지다. 불확실한 미래를 대비하려면 적절한 불안이 따르게 마련이다. 유비무환의 자세가 적절한 불안이 발동된 좋은 사례다.

아버지가 들려 주는 무대 위 행복

09

스트레스를 역이용하라

스트레스는 어디에서 올까? 스트레스 유발 요인에는 외부적인 것과 내부적인 것이 있다. 주변사람들의 요구나 행동이 무리하거나 과할 때, 무례하거나 일방적일 때 우리는 스트레스를 받는다. 이처럼 대체로 우리가 예상한 것과 다른 자극으로 다가왔을 때 나타나는 현상이다. 스스로가 설정한 기준치가 너무 높아서 거기에 도달하지 못할 때에도 스트레스가 발생한다.

그런데, 동일한 상황에서 스트레스를 받는 사람과 그렇지 않은 사람이 있다. 능력의 차이 때문이다. 능력이 출중한 사람에게는 스트레스가 오히려 무대 위의 행복감인 자기효능감을 느낄 수 있는 기회가 된다. 사내 체육대회에서 내가 축구선수 그것도 공격수로 발탁되었다고 가정하자. 평소에 축구를 좋아하고 잘한다면 아무런 스트레스를 받지 않는다. 오히려 내 실력을 뽐낼 기회가 왔다면서 기뻐한다. 그런데 내가 '개발(犬足)'의 소유자라면 어떠할까? 선발 그날부터 잠을 못 잔다. 잘 할 수 있을까? 창피 당하는 건 아닐까? 나 때문에 팀이 지는 건 아닐까? 온갖 걱정 때문에 스트레스가 쌓인다.

그런 기회를 통해서 오히려 삶의 전환점을 만들고, 능력을 키우는 계기가 되기도 한다. 사내 체육대회 때였다. 우리 부서에서 나를 공격수로 지명했다. 그 때부터 나는 틈만 나면 공원에 가서 연습을 하고, 조기축구회에 가입하고 경기를 하면서 실력을 키웠다. 시간이 갈수록 볼을 다루는 감각도 생겼으며, 체력과 골 결정력까지 좋아졌다. 스스로 실력이 향상되는 것을 느끼면 다가오는 날이 두렵지 않다. 실력을 갖춘 사람에게 스트레스 상황이란 없다.

스트레스를 줄이는 법은 내가 유능한 존재가 되는 것이다. 강헌구의 『가슴 뛰는 삶』에는 지독한 음치 때문에 스트레스를 받았던 사람이 나중에 가수가 된 사례를 소개하고 있다. 그 주인공은 돈 슐리츠(Don Schuilitz)이다.

음치가 가수 되다―돈 슐리츠

미국의 어느 음악방송국에서 '캐피탈 레코드(Capital record)'라는 신곡을 소개하고 있었다. 멜로디도 좋았지만 가수의 음색이 기가 막힐 정도로 훌륭했다. 노래가 끝나자 DJ는 이 노래가 컨트리 뮤직차트 인기순위에 올라 있으며, 돈 슐리츠(Don Schuilitz)가 곡을 만들고 노래를 불렀다고 했다.

라디오를 듣고 있던 모든 사람들이 찬사를 보냈지만, 돈의 고교 동창들은 입을 떡 벌린 채 할 말을 잃고 있었다. 왜냐하면 학창시절의 돈은 지독한 음치였기 때문이다.

고등학교 시절, 돈은 탬버린을 흔들며 노래하는 것을 무척이나 좋아했다. 그러나 단 한 소절도 음정과 박자를 정확하게 맞춘 적이 없었다. 그러면서도 그는 자신을 작곡가이자 가수라고 친구들에게 말하고 다녔다.

그는 누구에게나 음악에 대해 이야기했고, 상대방이 몇 마디라도 받아주면 밴드를 결성하자고 제의하기도 했다. 그렇지만 돈이 지독한 음치라는 것을 알 만한 사람은 다 알았기 때문에 그의 제안을 거절했다. 시간이 흘러 돈은 우여곡절 끝에 밴드를 결성하기는 했지만, 그 멤버들 모두가 돈과 마찬가지로 음치였다.

고등학교를 졸업한 돈은 듀크 대학교에 들어갔지만, 음악을 향한 열정을 포기할 수 없었다. 2년 만에 학교를 중퇴하고 음악도시로 알려진 내슈빌(Nashville)로 갔다. 빈털터리였던 그는 밤에는 시간제 근무 아르바이트를 하고, 잠은 중고차에서 해결했다. 돈도 없었지만 낮에는 음반회사를 찾아다녀야 했기 때문이다. 탬버린을 들고 수많은 음반회사를 찾아 자신의 실력을 보여주었지만, 그에게 되돌아온 것은 비웃음과 경멸의 눈초리뿐이었다. 그래도 그는 개의치 않았다.

오히려 그러면 그럴수록 더 열심히 노력했다. 그 과정에서 그가 깨달은 것은 자신에게 발성 연습이 좀 더 필요하고, 탬버린만으로는 아무것도 되지 않는다는 사실이었다. 그래서 그는 기타를 배우기로 했다. 굶어죽지 않을 만큼만 돈을 벌면서, 나머지 시간은 오로지 기타 연주와 작곡, 발성연습에만 매달렸다.

그 결과, 그가 만든 곡 '더 갬블러(The Gambler)'가 한때 미국에서 최고의 인기를 누렸던 케니 로저스(Kenny Rogers)에게 채택되어 큰 인기를 누리게 되었다. 이후 돈이 작곡한 노래들 중 무려 50곡 이상이 빌보드 컨트리 뮤직 부문 차트 5위 이내에 진입하게 되었다. 수많은 상을 받으며 대중의 사랑도 많이 받았다. 남들이 비웃었던 음치가 미국 컨트리 뮤직의 대부가 된 것이다. 앞에서 말한 대로 그는 음악에 신통한 재능이 있는 것도 아니었다. 든든한 배경이 있어 전문 음악학교를 다녔다거나 유명한 선생님에게 개인지도를 받은 적도 없었다. 특별히 관심을 가지고 조언을 해준 후견인도 없었다. 응원은커녕 어딜 가나 사람들은 그를 비웃고 업신여겼다. 그러나 그는 뿌리칠 수 없는 취향에 따라 일찌감치 자신의 삶을 가닥 잡을 숙명적인 키워드로 음악을 택했고, 음악을 위하여 6만 시간 이상을 쏟아 부음으로써 그는 자신에게 어울리는 미래를 창조하는 데 성공했다. 한 때 그에게 스트레스 유발 원인이었던 음악은 이제 자신을 증명하

아버지가 들려 주는 무대 위 행복

는 수단이 되었다. 스트레스를 해소하려면 돈처럼 능력자가 되어라. 그것이 최상의 길이요 최선의 방법이다.

Point

능력이 출중한 사람에게는 스트레스가 오히려 무대 위의 행복감인 자기 효능감을 느낄 수 있는 기회가 된다. 스트레스를 줄이는 법은 내가 유능한 존재가 되는 것이다.

10

자신을 브랜드로 만들어라

자신을 브랜드로 만들어라

사람에게는 어떤 변화든 가능하다. 마음만 먹으면 못할 것이 없다. 자존감은 자기 자신의 가치를 인식하는 눈이고, 자신감은 자신의 능력에 대한 흔들리지 않는 믿음이다. 사람 위에 사람 없고, 사람 아래 사람 없다. 세상에 태어난 것 그 자체로 사람은 위대한 가치를 지니고 있다. 모든 사람은 존엄하다. 그런 즉. 나 자신의 가치를 인정하고 나를 최고의 브랜드로 만들어라.

나를 브랜드로 만들면 삶이 훨씬 단순하고 유쾌해진다. 다른 사람의 시선에 신경 쓰거나 다른 사람의 관심이나 반응에 대해서 과민반응할 이유도 없다. 내가 브랜드인데 누구와 비교할 것인가?

나를 브랜드로 만들었다면 브랜드 가치를 높여라. 내 안의 잠든 거

아버지가 들려 주는 무대 위 행복

인을 깨워 잠재력을 발동시켜라. 나도 몰랐던 나의 능력을 확인하고 스스로 경탄할 수 있도록 하라. 내가 하는 일을 통해 감동하라. 음악가 헨델이 '메시야'를 작곡한 후 그것이 무대에서 연주되었을 때 헨델은 감동의 눈물을 흘리면서 이렇게 말했다. "오 주여! 정말 저 곡을 제가 만들었단 말입니까?"

나를 브랜드로 만들고 브랜드 가치를 높이면, 나를 찾아오는 사람들이 생겨날 것이다. 자석이 주변의 쇠붙이를 끌어오듯 힘을 가진 존재는 당연히 외부의 힘을 끌어오게 되어 있다.

자신의 브랜드 가치를 높이고 싶은가? 그렇다면 매일 이렇게 외쳐라. 그리고 확신하라. "나는 소중한 사람이다." "나는 내가 좋다." "나는 내가 자랑스럽다." "나라는 사람이 되는 데 있어 나보다 뛰어난 사람은 없다." "나는 충분히 훌륭하며 무엇이든지 할 수 있다." "나는 중요하다." "나는 내가 원하는 것은 무엇이든지 할 수 있다."

반드시 성공하라

『정상에서 만납시다』라는 베스트셀러 저자인 지그 지글러는 미국뿐 아니라 전 세계에서 가장 강연 요청을 많이 받은 자기 계발 강사였다. 그는 이렇게 말한다.

"사람이 곰팡이 핀 빵에서 페니실린을 만들어 낼 수 있다면. 놀라우신 하나님이 그분의 형상을 따라 창조한 사람에게서 무엇을 만들어 내실 수 있을까 생각해보라."

지그 지글러처럼 생각하려면 생각의 씨앗부터 다시 만들어야 한다. 행동하기 전에 스스로에게 던지는 질문은 씨앗을 만드는 탁월한 방법이다. 좋은 질문은 뇌를 자극시켜서 더 깊게 사고하는 능력을 갖게 한다. 단어 하나를 선택할 때도 반드시 성공한다는 전제를 깔고 해야 한다.

좋은 질문을 만들기 위해서는 질문 목록을 작성해 볼 필요가 있다. 이때는 브레인스토밍이 필요하다. 가능한 모든 질문을 다 던져놓고, 그 중에서 중요도와 긴급성을 고려해 일의 순서를 정하고, 해야 할 일은 반드시 끝낸다. 물론, 일을 할 때는 늘 성공한 자신에 대한 이미지를 선명하게 그려야 한다. 자신의 지갑에 글이나 그림으로 써 놓은 것을 수시로 꺼내 봐도 좋다.

카네기에게 성공의 비결을 물은 청년

강철 왕 카네기가 강연을 마치고 기차를 타기 위해 역으로 가고 있었다. 그런데 어떤 스무 살쯤 되 보이는 청년이 카네기 옆에 따라 붙으면서 이렇게 말을 걸었다.

"저도 선생님 같은 부자가 되고 싶은데 그 비결을 알려 주십시오."

카네기가 지금 시간이 없다면서 거절했지만, 청년은 굴하지 않고, 짧게라도 좋으니 플랫폼을 걸어가는 시간만큼이라도 말씀해 달라고 요청했다. 이에 카네기는 플랫폼을 걸어가는 그 짧은 시간 동안에 부자가 되는 비결을 알려주었고, 청년은 카네기의 말을 실천하여 큰 부자가 되었다. 과연 카네기가 청년에게 전해 준 비결은 무엇이었을까?

"아침에 일어나면 그날 할 일을 생각나는 대로 스무 가지를 적어보시게. 그리고 중요한 일대로 순번을 부여하게. 순번을 부여했다면 그 중에서 3번까지 해당하는 일을 하루 중에 꼭 실천하시게. 도저히 여건이 안 된다면 1번이라고 적어놓은 것만이라도 무슨 일이 있어도 반드시 실행으로 옮기게."

성공하는 사람들은 긍정적 자아상을 가지고 있다. 누구나 호박이 넝쿨째 굴러오는 꿈을 꾸지만, 그 호박은 아무한테나 굴러가지 않는다. 반드시 성공할 줄 믿고 이미 복 받은 자신의 모습을 선명하게 그리며 행동하는 사람에게만 굴러간다. 우리는 늘 긍정적으로 생각하고, 긍정적으로 말하고, 바라던 일이 이미 이뤄졌음을 선포해야 한다. 긍정적 자아상을 갖기 위해서는 마음의 근력을 키워야 한다.

신앙을 가진 사람은 신앙을 통해 자아상을 갖기 때문에 일반인보다 훨씬 더 성공할 확률이 높다. 성서에도 "너희는 택하신 족속이요 왕 같은 제사장들이요 거룩한 나라요 그의 소유가 된 백성이니 이는 너희를 어두운 데서 불러내어 그의 기이한 빛에 들어가게 하신 이의 아름다운 덕을 선포하게 하려 하심이라(벧전 2:9)."는 말씀이 있지 않은가?

자기가 좋아하는 일을 하라

얼마 전 TV에서 〈스케치북〉이라는 프로에 무명의 한 청년이 나와 노래를 하는 장면을 보았다. 중학교 때부터 작사 작곡한 곡을 노래하는 모습을 찍어 유튜브에 올렸는데, 그 프로그램 사회자가 보고 자기 프로그램에 초청을 한 것이다. 청년은 자기가 만든 노래에 대한 자신감이 있었고, 좋아하는 노래를 했을 뿐인데, 갑자기 자신이 TV에 나오게 되었다고 하면서 행복해 했다.

미국에 사는 한 할머니가 퀼트 만드는 과정을 동영상으로 찍어 유튜브에 올렸다. 그것이 널리 알려져 호응을 얻자 지금은 400명을 고용해 퀼트 사업을 하고 있는데, 전 세계에서 할머니가 작업하는 모습을 보러 온다고 한다. 작은 시골 마을이 퀼트로 인해 유명해지고 많은 소득을 올리고 있는 것이다. 그들 역시 같은 말을 한다. 내가 좋아하는 일을 열심히 하다 보니 이런 날이 왔다고 말이다.

자신에게 물어보라. 나에게 가장 재미있는 것은 무엇인가? 죽기 전에 꼭 해 보고 싶은 일은 무엇인가? 5년 이상 그 일을 끌고 갈 힘이 있을까? 내가 어떤 일을 하다가 죽는다면 그 일은 무엇인가? 이 질문에 대답을 할 수 있다면, 나는 내 안에 잠들어 있던 거인을 깨운 것이다. 그 거인은 나에게 말한다. 세상의 트렌드를 따라갈 것이 아니라 네가 트렌드가 되라고 말한다. 내가 가장 좋아하는 일, 가장 잘하는 일이 트렌드가 된다면 더 바랄 것이 무엇인가?

부록

부록
01 | 당신의 자아상 계수는
         얼마입니까?

▶ 다음과 같이 당신 자신을 점검해 보십시오.

N : 결코   S : 가끔   U : 자주   A : 항상

1. 나는 위기 상황을 비교적 쉽게 다룬다.(   )

2. 나는 다른 사람보다는 나 자신을 신뢰한다.(   )

3. 나는 나로서 충분하다.(   )

4. 나는 하나님을 첫째로 섬기며 도움의 실질적 근원으로 여긴다.(   )

5. 나는 과거나 미래에 대한 걱정을 하지 않고 편안하게 생각한다.(   )

6. 나는 정이 많은 편이고 내 감정을 나타내는 것이 두렵다.(   )

7. 나는 칭찬을 자연스럽게 받아들일 수 있다.(   )

8. 나는 자신을 책망하는 느낌을 거부한다.(   )

9. 나는 나의 불완전함이 하나님이 아닌? 내 자신에게 그 책임이 있음을
   믿는다.(   )

10. 나는 다른 사람의 기대에 따르기보다는 내가 옳다고 믿는 일을 한다.(   )

11. 나는 내가 믿는 것을 고수한다.(   )

12. 나는 다른 사람의 세미한 필요에 민감하다.(   )

13. 나는 다른 사람들을 위한 일을 하는 것이 좋다.(   )

아버지가 들려 주는 무대 위 행복

14. 나는 뜻있는 활동에 적극적으로 참여한다.(   )

15. 나는 부정적인 상황에서도 긍정적인 점을 찾으려고 한다.(   )

16. 나는 정신을 집중하면 대부분 어떤 일이든 할 수 있다.(   )

17. 나는 긍정적인 방법으로 좌절과 맞설 수 있다.(   )

18. 나는 자신이 소중하다고 느낀다.(   )

19. 나는 평안한 마음을 갖고 있다.(   )

20. 나는 다른 사람들을 액면 그대로 받아들인다.(   )

▶ 채점 : 나의 점수는(   ) 점이다.

N = 0, S = 1, U = 2, A = 3

▶ 평가

50 – 60 너무 강한 자아개념

35 – 50 건강한 자아개념

25 – 35 조금 낮은 자아개념

15 – 25 낮은 자아개념

 0 – 15 상당히 낮은 자아개념

의견차이가 있을 때 상대방에게 물어볼
질문을 소개하겠다.

• **긴장을 푸는 질문** – 이 문제를 해결하는데 제가 당신을 도울 수 있겠습니까?

• **이해의 다리를 놓는 질문** – 당신을 돕고 싶습니다.
이 문제를 같이 해결해 보시지 않으시겠습니까?

• **이해를 촉구하는 질문** – 당신이 그렇게 생각할 때는 그만한 이유가 있으리라
생각합니다.
그러나 저는 그렇게 생각할 수 없으니 그 이유를 제게 설명해 주실 수 있겠습
니까?

• **자신의 입장을 이해시킬 수 있는 질문** – 만약 당신이 제 입장에 있다면 어떻
게 하시겠습니까?

• **사실을 노출시킨 질문** – 저보다 더 잘 알고 계신 것 같습니다.
언제 어디서 그런 정보를 입수하셨습니까?

• **약점과 불리한 점을 지적할 수 있는 질문** – 우리가 당신의 제안에 따를 때 생길지도 모를 위험을 생각해 보셨습니까?

• **관용을 낳는 질문** – 그래도 저는 이 문제를 다르게 생각해 볼 수 있다고 생각합니다.
이것에 대한 제 의견을 말씀드려도 좋겠습니까?

• **타협과 교섭을 낳는 질문** – 당신의 대안은 무엇입니까?
다른 사람의 의견을 들어보는 것이 어떻겠습니까?

• **인내심을 낳는 질문** – 그것에 대해 좀 더 생각해 보는 것이 어떻겠습니까?

그러나 대화에 있어서 가장 중요한 것은 상대방에 대한 깊은 사랑과 이해입니다.
아무리 비단결 같이 말을 한다고 해도 상대방을 무시하는 태도를 깔고 있다면 전혀 도움이 되지 않습니다.

"당신은 세상에서 단 하나뿐인 소중한 존재"

나는 TV프로그램 중에서 〈동물의 왕국〉을 즐거이 시청하는 편이다. 나는 그동안 사자가 '밀림의 왕'이라고 생각했다. 새끼들과 놀다가 배가 고프면 어슬렁어슬렁 사냥이나 다니며 편하게 사는 줄 알았다. 맘먹으면 얼룩말쯤은 언제든 잡고, 나타나기만 하면 코끼리나 악어도 꼬리를 내리고 도망갈 것이라고 생각했다. 그런데 사자의 삶도 그리 녹록하지 않다는 것을 이 프로그램을 통하여 얼마 전에야 알게 됐다. 사자가 하마에게 무참하게 공격당하고 있었다. 새끼 잃은 어미 하마의 복수였다. 하마의 공격을 받고 내동댕이쳐진 사자는 비틀거리며 겨우 몸을 버티고 있었다. 충격이었다. 그 뿐만이 아니었다. 하이에나 같은 포식자들이 틈만 나면 사자들의 보금자리를 위협했다. 어미 사자는 새끼들이 공격당할까봐 노심초사했다.

　　　　　　　　　　　아버지가 들려 주는 무대 위 행복

혼자서는 사냥도 쉽지 않았다. 얼룩말은 빠른 속도로 도망을 쳤고, 심지어 뒷발로 사자를 걷어차기도 했다. 제대로 맞으면 턱뼈가 으스러져 현장에서 즉사하는 강력한 펀치 같았다. 동물의 왕이라고 여겼던 사자가 뱀에 물려 죽기도 하고, 코끼리에게 밟힐까봐 혼비백산 도망을 치기도 했다. 그런 사자를 보고 있노라니 마음이 짠해져 왔다. 당당한 사자의 기풍이 부러워 닮고 싶었는데, 정작 사자는 그저 하루하루를 힘들게 버티면서 살아가는 존재에 불과했다.

어쩌면 우리도 그렇지 않을까? 사자처럼 그럴 듯해 보이는 사람들도 실상은 버거운 삶을 꾸려가고 있는 것이 아닐까? 세상엔 온통 우리를 위협하는 것들뿐이다. 먹고 살아가려면 매번 전력을 다해 사냥을 해야 한다. 시시때때로 나를 위협하는 적과 마주해야 한다. 얼룩말의 발길질에 차여 휘청거려도 나만 믿고 있는 가족을 위해 끝까지 버텨야 한다.

그래도 생각을 조금 바꿔보자. 지금은 비록 힘겨운 상태에 있지만 원래의 우리는 사자보다 멋지고 뛰어난 존재다. 더구나 우리에겐 가족이 있지 않은가? 누구와도 바꿀 수 없는 소중한 아들딸도 있고 부모님도 있으며, 나의 영원한 동반자도 있다. 모두들 많은 위기를 함께 겪어온 전사이자 영웅들이다. 앞으로도 예기치 못한 공격에 중심을 잃기도 하고, 슬픔과 절망 속에서 울부짖기도 하겠지만, 여전히 우리는 세상이라는 밀림의 왕이다. 어떤 순간에도 잊지 말자. 당신은 밀림의 왕이며 세상의 중심이라는 사실을. 당신은 세상에서 단 하나뿐인 소중한 존재라는 사실을.

책을 내고 글을 쓰는 일은 마라톤과 다름없다. 그래도 나와 함께 뛰어 준 가족이 있기에 난 행복한 아버지다.

아버지가 들려 주는 무대 위 행복